ハレムの王国、はじめ(られ)ました

ウナミサクラ

AZ BUNKO
イースト・プレス

CONTENTS

illustration 緒田涼歌

ハレムの王国、はじめ(られ)ました

満足げに呟き、ティーグは背中から、俺を抱えるようにして抱きしめる。
俺は振り返って、彼の高い鼻先に、
自分の鼻をぶつけるようにして、甘えた。
『……す、き……』

たぶん、誰《だれ》でも一度は読んだことがあるはずだ。

異世界に召喚される勇者のお話。

そこでは自分はヒーローで、お姫様たちに愛されて、大活躍して世界を救うんだ。

そんな、夢物語。


——でも、大人になればわかる。

本当はそんなこと、起こりっこなくて。自分はあくまでこの日常を、なんの明確な使命もなく、ただ生きていくだけなんだってことが。

だから、あれはただの夢物語。


そう。

そのはずだったんだ。


あの日までは。

目が覚めたとき、自分の置かれている状況が、さっぱりわからなかった。

いつ帰ってきて、どうやって寝たのかってことも。

「いって！」

寝返りを打つと、頭が響くように痛い。そんなに深酒したっけな。そんな覚えもないんだけど。っていうか、今何時だ？

目をこすり、起き上がる。六畳間の壁にかけてある時計に、いつものように視線を移し……それがないことに気づく。っていうか、壁が違う。いや、そもそも、部屋が違う。

「……どこだ、ここ？」

白っぽい石で組まれた、がらんとした部屋。大きさは、俺の部屋と同じくらいだけど。その部屋の真ん中に置かれたベッドの上に、俺は寝ていた。天蓋《てんがい》っていうのか？　これ。なんか、ベッドの四隅に柱がたってて、そこに青い色の分厚そうな布がかかってる。

俺んちじゃ、ない。それどころか、俺の記憶の中に、該当するような場所が、ない。

そこまで酔っ払ってたっけ？　たしか、ええと。

ともかく、俺は必死に、昨晩の記憶の糸を全力で手繰った。

そう。

昨夜は、バイトのシフトに入ってた。家から歩いて十分程度の距離にある、コンビニだ。専門学校を出てから、もうずっとだから、そろそろ勤続三年ってとこになる。バイトの中でも、古参の一人だ。

そう、それで……。

「申田《さるた》くん、ちょっといい？」

「……はい」

レジの内側で、煙草《たばこ》の補充をしてるところを、店長に呼ばれた。レジを他のバイトに頼んで、俺はのろのろと事務所に向かう。

話の内容は、だいたい予測がついてた。そして、予想通り。

「さっきの。もう少し、話《はな》しようがあったよね」

「………はぁ」

店長が言う、『さっきの』とは、つい先ほど来た本部の人との面接のことだ。

別に、たいしたことじゃなかったんだけど……。

ちょっと前、バイトの一人と、社員の間でもめ事があった。発端はよくある、言葉使いの注意だったのに、いつの間にかこじれまくって。たぶん、社員よりバイトのほうが職歴が長くて、年上ってのがよくなかったんだろうと思う。

そのごたごたがおさまったのが、俺の功績だって、店長とかは思ったらしい。で、本部の人も、その報告を受けて、俺にヒアリングに来たわけだ。

でも、さ。

「……本当に、ただ俺は、二人の話を聞いただけですんで……」

目を伏せて、ぼそぼそと俺は答える。

だって、本当にそれだけだし。アドバイスとか、努力とか、なんにもしたわけじゃない。

「申田くんはさ、真面目《まじめ》だし、能力もあるんだけど、もう少しコミュニケーション能力が必要だよね」

ため息。

そんなのは、わかってます。……そう言いかけて、けど、やっぱり俺はなにも言えなかった。

話を聞くのは得意なんだ。でも、自分から話せるかっていうと、全然、無理だ。

結局、店長は言いたいだけ言うと、それなりの結論を出して、話を終わらせた。

まぁ、大概みんなこうなんだ。俺が黙っているうちに、もっと良い考えだったり、結論に自分でたどり着いている。先日のトラブルにしてもそうだった。最初は超ヒートアップしてたけど、俺に話しているうちに、いつの間にか「意地になってただけだったかもしれない」とか、「八つ当たりだった」とか反省してくれてた。

俺は、本当に、なんにもしてないんだ。マジで。

……それで、店長のお説教が終わって……。それから、なにがあったっけ。

そうだ。いつもよりぐったりくたびれた気分で、バイトあがって、帰ることにしたんだった。

時間は真夜中をとっくに過ぎてた。

別に誰かが家で待ってるわけじゃないし、スマホをいじりながら、ぶらぶらと歩いた。

ツイッターの画面では、どこかの誰かが呟《つぶや》いた、気の利いた面白い話がちらばってて。それを見て時々笑ったりしながら、でも、頭のどこかで思う。

これっくらい、うまく話せりゃいいのにな、って。

俺のツイート数は、未《いま》だに五つか六つ。その五つも、『雪が降ってびっくりした』とか、『新製品のアイスが美味《うま》い』とか、その程度で。当然、リプのやりとりなんかもしたことがない。フォロワー数も常に安定の十やそこら。どれも、顔見知りの奴だ。

ラインも一応登録はしてあるけど、バイト仲間の連絡網が一つあるだけ。当然、そこでも俺は発言したことはほとんどない。せいぜい、『了解しました』くらいだ。

別に、人付き合いが嫌いなわけじゃないし、人間嫌いじゃない。どっちかっていうと、仲良くしたい。飲み会で、楽しい話を聞いてるのも好きだ。

でも、自分が話すのは、どうしても苦手だ。俺が話しはじめた途端、みんなの視線が彷徨《さまよ》いだして、結局他の話題に流れていくのって、けっこう辛《つら》いしさ。

……なんか、俺の存在って、ないなぁ。見てくれも、至って普通だし。似てる芸能人とかって、過去に唯一言われたのが、『じゃないほう芸人って感じ』だもんな。

改めて、なんか、凹《へこ》む。

『おとなしいのは君の良いところだと思うけどね。もっと積極的になったほうがいいよ。将来の夢とかさぁ、そういうのないの？』

店長の言葉が、ずっしりきてた。

将来の夢なんて、とくにない。なにが欲しいとか、どうしたいとか。

ぼんやり、まぁ、生きていたいなぁとは思うけど。

ああ、それから、……猫が飼いたいなぁとはちょっと思ってる、くらい。

そうしたらこの帰り路も、もう少し、早足で帰れる気がした。

「いいなぁ……猫……」

そのへんに、捨て猫でもいたら、拾って帰るんだけど。

そう、ぼんやり下を向いたときだった。


突然、視界が眩《まぶ》しい光に塗りつぶされて、真っ白になる。

甲高いブレーキ音と、衝撃。


「！！！！」


——轢《ひ》かれる、って。

そう、どこか冷静に思った瞬間、意識がぼやけた。

どこか遠くで、「やべぇ!!　轢いちゃった？　……あれ、でも……いない……」と若い男の声がした気がしたけど。

それもすぐに、すべて、遠くなった。

そして、今だ。

「……あ。俺、死んだのか？」

そうか。それなら、不思議じゃない。なるほど、死後の世界っていうのはこういう感じなのか。

思わず身体《からだ》をまじまじと見る。服は昨日着てたまんま、黒いシャツにグレイのパーカ。それと傷んだ（ダメージってわけじゃなくて、単に古くて穴が開いてる）ジーンズと、黒のスニーカー。

どれも、そうぼろぼろにもなってないし、手足もちゃんとついてる。し、動く。ゾンビみたいになってるわけじゃないらしい。それは、よかった。

でも、聞いてた話とはだいぶ違う。こう、綺麗《きれい》なお花畑があって、川が流れてて、なんか、昔死んだ家族とかが待ってるんじゃなかったっけ。それともそれを越えて行くと、こうなってんのかな。

たしかにあの事故じゃ、臨死どころじゃないだろうしな。俺の身体、けっこーグログロしいことになってそうだし。

……ってことは。じゃあ、父ちゃんも、こんなふうに目が覚めたのかな。つか、もしかして会えたりする？

そう、顔をあげると。

ちょうど、コツコツと響く杖《つえ》の音が聞こえた。

「お目覚めになりましたか、裁定者殿」

「……は？」

「私《わたくし》の名は虎《とら》族のバオ。この裁定を見届ける、神官でございます」

……リアルに、こんな話し方する人初めて見た。

俺があっけにとられてるうちに、バオさんは俺に向かって、深々と頭を下げた。

長く白い髭《ひげ》と、緩くウェーブした髪が全部一緒くたになってる。着てるのは、なんだか白いずるずるした服。ローブ、とかいうんだっけ。昔遊んだＲＰＧで見たことある。杖は長くて黒い枝が、ちょっと歪《ゆが》んだ形に伸びていて、その先には青い石みたいなのが飾ってあった。なんか、いよいよゲームみたいだ。

いや、でも、それ以上に。俺の目を釘付《くぎづ》けにしたものがあった。

「裁定者殿におかれましては、さっそく儀式を始めていただきとう存じます」

バオさんが、顔をあげる。

ついでに、『それ』が、ぴくぴく動いた。え、動いた？

「裁定については、ご理解いただけておりますでしょうか」

「…………」

「裁定者殿?」

バオさんが一歩進んで、俺に近づく。背は低いから、立ち尽くしてる俺の目線の下に、その頭が来るんだけど。……やっぱり、動いてる。つか、生えてる。

「耳……」

「耳?　なにか不都合でもございますか?」

そう、不思議そうに、バオさんは俺の視線の先の……頭に生えてる、丸っこい黒い耳に触れた。

それは、いわゆる、猫耳……いや、丸っこいしな。あれだ、虎だ。虎の耳に似てる。けど、こんなじいさんが猫耳つけて喜ぶ趣味があるとは思えない。そりゃ、もしかしたらあるかもしれないけど、相当マニアだ。

しかもその耳ときたら、本当にふあっふあの毛をしてて、その上、動く。

いや、それだけじゃない。気づいちゃった。俺、気づいてしまいました。

「し、っぽ?」

「……いかにも。私は虎族出身です故」

緩く重なったローブの間から顔を出してるそいつは、あきらかに尻尾《しっぽ》だった。長くて、黄色と黒のしましまの柄で、ちょうど親指と人差し指で輪っかを作ったくらいの太さの尻尾。それが、時折不機嫌そうに揺れている。

マニアにしても、やりすぎだろ。っていうか、どうやって出来てんの!?

「…………」

完全に絶句してると、「ふむ」と小さく虎耳尻尾つきじいさんは小首を傾《かし》げて。それから。

「此度《こたび》の裁定者殿は、泣きわめかぬ剛胆の持ち主とお見受けいたしましたが、やはりご説明は必要でしょうか」

必要です。思いっきり必要です。

思わず俺は、こくこくこくと三回も首をタテに振った。

剛胆なんかじゃなくて、ただ単に、ビックリしすぎて泣きわめくとかそういうところまでたどり着いてないだけなんです。

「では……」

小さく咳払《せきばら》いをして、バオさんが尻尾を揺らしながら話しはじめたことは、さらに俺を呆然《ぼうぜん》とさせるような話だった。

——五獣界《ごじゅうかい》。

ここは、そう呼ばれる世界だという。

虎族、狼《おおかみ》族、蛇《へび》族、兎《うさぎ》族、そして、烏《からす》族。その五つの獣を始祖として進化してきた一族が、それぞれの五大陸に暮らしている。

彼らには、一つの掟《おきて》があった。

それは、古き契約であり、旧世界の主よりこの世界を受け継ぎ、五つの獣が今の姿に進化するかわりに課せられた一つのルールだった。

その契約こそが、『裁定』だ。

百年に一度、平時は閉ざされている『扉』が開く。

その扉の向こうの異世界から、猿族の『裁定者』が一人、五獣界へと召喚される。

そして、『裁定者』は、五つの部族の中から、どの部族が最も優れているかを選ぶ。選ばれた部族は、この五獣界の全体の『王』として、その先百年を治めていくのだ。

この一連の儀式こそ、『裁定』である。

「……なにとぞ、この勤めを果たされますよう。『裁定者』殿」

語り終えたバオさんは、また、そう深々と頭を下げた。

「俺が、なんですか」

「はい。その身につけた不可思議な服や、お姿。なにより、あの『扉』を通ってこの世界にいらしたことが、証拠にてございます」

クラクラした。

目が回る、なんて実際にはそう経験したことがないけど、今の状態はまさしくそれだ。まわりの景色が揺れ動いてて、重力がおかしな方向から身体をひっぱって、耐えきれず俺はその場に座り込んだ。とても、立ってなんかいられなかった。

待て。

とにかく、なんていうか、待ってほしい。

そりゃ、何度か読んだことある。こういう展開って。異世界で試練とか与えられるとかそういうの。

でも、でも、……なんでそれが、俺？

もう少し、こう、勉強はできないけど運動は得意だとか、知恵だけは人一倍とか、明るくて勇気があるとか、その、……もっと主人公っぽい人、他にいるだろうよ。

「お気をたしかに、裁定者殿。ひとまずは、ここより出でて、面会をしてもらわねばなりません」

「会う？」

誰に？

腰が抜けている俺の手を、バオさんがとり、意外と強い力で立ち上がらされた。

おじいさんにしか見えないけど、力、強いんだなぁ……。

「部族の代表たちが、裁定者殿を待ちわびております。裁定者殿は、これより次の月が満ちるまでの間に……具体的にいえば、二十五日の間に、そのうちの一人を『ツガイ』としてお選びいただく」

「つがい？」

「夫婦のようなものでございます」

あ、ああ。そっか。動物の場合、カップルを番《つがい》って言うな、そういえば。

っていうか、今までの話を総合すると、俺は『誰が優れているか』を選ぶと同時に、嫁を選ぶってことなわけか？

まぁ、そりゃ、誰でも素敵な人を選ぶだろうけども……でもそれって、俺の胸先三寸に任せていい話なのかな。好みとか、相性とかもあるだろうに……。

「ご足労願えますか？」

大きく息を吸って、なんとか俺は頷《うなず》いた。

まだ全然、混乱はしてるけど。ひっくり返るほどじゃない。ギリギリ、意識は保ってる。

「では」と、バオさんが俺を先導していく。丈夫そうなクリーム色の布地がドアのかわりにかかった出入り口を抜け、石造りの廊下を進む。ちらりと覗《のぞ》いた窓の外には、いくつかの建物と、高い木が生えた緑の庭のようなものが見える。でも、さらにそのまわりには、一面の砂漠が広がっていた。ここはどうやら、砂漠の真ん中みたいだ。オアシスの村とか、そういうのなのかな。そのわりに、あんまり暑くはないけど。

けど……五人の、花嫁候補かぁ。

正直いって、ちょっぴり、その。

男のロマンってのは、感じなくもない。

可愛《かわい》いといいけど。とりあえず、バオさんを見る限り、そうすごい化け物じみてはいないみたいだし。

耳とか尻尾のある女の子ってのも、わりと可愛いかもしれない。

ただ、蛇族って、どんなんなんだろう……。

「皆の者、裁定者殿が目覚められました」

杖の先で、石の床を大きく叩《たた》く。独特な堅い鋭い音が、腹の底まで響くみたいだった。

階段を下りたところは、ホールのようだった。

「どうぞ、裁定者殿」

「……はぁ……」

曖昧《あいまい》に頷いて、俺はバオさんの隣に進み出た。

そして、そこで初めて、俺は俺の『お嫁さん候補』たちに出会ったわけだ。

「はじめましてー！」

「あら、可愛いわね」

「……オスか。まぁ、かまわぬが」

「なるほど。よろしく頼む」

「……しく……ねが、します」

絶句した。

今日何度目かわからないけど、もう、完全に絶句した。

耳、とか。尻尾とか。もういい。どうでもいい。そんなこと。

俺をずらりと取り囲んだこの五人は……どう考えても、どう見ても!!　絶対!!

「なんで、男……なんですか」

ぎりぎり、精一杯の力を振り絞って、俺は震える声でそう尋ねた。

「裁定者が男か女かは、招かなければわからぬことです故。とはいえ、たいした問題ではございませんでしょう」

バオさんは言うけど——問題だよ、大問題だよそこは!!

あ。ダメだ。またぶっ倒れそうだ、俺。

なのに、目の前の五人は、涼しい顔で俺を見ている。

「ふらふらするな。……我こそは虎族第一王子、ティーグだ」

バオさんと同じ、若干丸っこい耳に、太くて長いトラ縞《じま》の尻尾のある、でっかくて筋肉隆々の金髪の男が、そう言う。日に焼けた褐色の肌といい、浮かべた表情といい、なんかすごい、威圧的だ。

「俺は狼族代表、レアン」

膝《ひざ》を折り、低い声で挨拶《あいさつ》をしてくれた。ちょっと長い銀髪と、この人もわりとでっかい。そしてなにより、大きな三角形の耳と、ふさふさの尻尾が目立つ。

「アタシ、蛇族のアファアよ。よろしくね」

白い肌に、ピアスとかネックレスとかじゃらじゃらつけた、ちょっとオネエっぽい雰囲気。見た目は蛇って感じしないけど、笑った口元に光った牙《きば》は一番大きい。

「僕ね、兎族のテウだよ!」

両手をあげて、元気いっぱいに挨拶してくれた。白くて長い兎耳が揺れてる、可愛い顔だちの子だ。

「……わ、私は……烏族の、クレエ、と申します」

俯《うつむ》いて、聞こえるか聞こえないかぎりぎりってくらいのボリュームで言う。長い黒髪で、顔も半分くらい隠れてるから、よくわからない。

「ぼーっとするな。お前の名前は？」

虎族の男が、高圧的に顎《あご》をしゃくった。

「……申田尊人《みこと》」

「ミコトか。覚えたぞ、我が伴侶《はんりょ》」

途端に、悠然と男が笑う。唇から覗いたのは、やっぱり鋭い虎の歯だ。

「虎族の。失礼だが、まだそうとは決まったわけではないだろう」

「まぁまぁ、お坊ちゃまはいつもその調子なのよねぇ」

狼族の人がそう口を挟むと、虎族の男が睨《にら》みつける。その間に蛇族のオネエが割り込んだけど、その目はやっぱり笑ってなくて。

バチバチ火花が散るのが、リアルに目に見えそうだ。

なんだこれ。なんだこれ!!

もうやだ。ホント、どうなってんの？

こんな、俺よりでっかい半獣人の野郎たちの間から、嫁を選べって……無理!!

しかも五人の空気感、最悪。今会ったばっかだけど、わかるよ。最悪としか、言いようがない。ろくに目も合わさないし、合ったら合ったで、睨みあいだし。

半分以上泣きそうになってる俺を尻目《しりめ》に、バオさんの杖が再び強く床を叩く。

そして、しわがれた声が高らかに宣誓を告げた。

「これより『裁定』の儀を始める！　古《いにしえ》の契約に従い、おのおの、その役目を果たしたまえ……！」

……その契約、俺はハンコを押した覚えはないんだけど……！！！

そう心の中で叫ぶほか、俺にはなんにも、できなかったのだった。

逃げたい。

部屋に一人になってから、考えるのはもっぱらそのことだけだった。

最初に寝かされてた場所が、どうやら俺の部屋ってことらしい。――あの面会の後、俺はもう一度この部屋に戻された。小さな机が運び込まれて、食事が出た。平たくて中が空洞になってるパンと、青々した細い葉っぱのサラダ。それと、ハーブと塩で味付けされた肉（たぶん、羊っぽい）。豆の入ったスープ。

目が飛び出るほど美味いってわけでもなかったけど、まぁまぁ、普通に食べられた。とりあえず、ゲテモノみたいな食べ物とかじゃなくてよかった。

その後、湯殿に案内された。この建物の一階、さっきのホールの横だ。露天風呂《ぶろ》みたいに、まわりを木の塀に囲まれただけで、天井はない。石組みの窪《くぼ》みの中に、ぬるめのお湯がたまってて、そこに入った。身体を洗うようにと渡されたのは、なんか粉みたいなのが入った小さな袋。泡立たないから不安だけど、とりあえずそれで身体を洗って、用意されていた服に着替える。生成りの綿っぽいシャツと、膝丈のハーフパンツの上下だ。とくに装飾もない、シンプルな服だけど、着心地は悪くない。ゴムはなくて、ウエストのところをヒモで縛ってとめた。

　さっぱりしたし、空腹でもないけど。でも。

「これより、掟に従い、裁定者殿には『五つの夜』を過ごしていただきます」

　バオさんが言う。

『五つの夜』とかいうと仰々しいけど、ようするにこれから五日間は、一晩に一人ずつ、俺は彼らと過ごす決まりになっている……らしい。

「それまで、ごゆっくりお休みくださいませ」

「……は、い」

　バオさんが、一礼して出ていった。

　俺の身の回りのことを指示してくれてるのは、もっぱらこのおじいさんだ。他に、食事を持ってきてくれたりする人が数人。それと、窓の下に見かけた天幕には、彼ら五人と、それぞれにお供がいるらしい。時折、話し声や物音が聞こえる。

　案外、ここにいる人の数は多いらしい。……人っていっていいのかは、ちょっと迷うけど。みんな、どれかの獣族らしいし。今のところ、見かけたのはほとんどが兎っぽい感じだったな。耳が長かった。

「……どうしよう……」

小さく呟いて、ベッドに転がった。

ここから逃げたいっていう気持ちは、変わらない。元の世界に、帰りたい。

それに、あんなよくわかんないのと結婚するとかも、嫌だ。つーか、むこうも仕方ないからとはいえ、内心嫌なんだろうし。こんな、別に可愛くもない、しかも男と、どーこーしたかないだろう。普通。

「……………」

むくりと起き上がり、出入り口を見やる。

かといって。ここを飛び出して、どうやって逃げだそう？

ぶっちゃけ、俺はあんまり力は強くない。ケンカもろくにしたことないし、逃げ足だって遅い。力ずくでここを脱出するなんてことは、……たぶん、無理だ。

風呂場からはどうだろう？　そう思って、またため息をつく。うまくそこから逃げたって、この建物を取り囲む天幕の人には見つかりそうだし、よしんばそれもすり抜けても、あとはひたすら砂漠ばっかりなのは、見てわかってた。

なにより、どうすれば元の世界に帰れるかもわからない。「『扉』を通って」とかバオさんは言ってたけど、その『扉』ってのも、謎《なぞ》だ。

「はぁ……」

ため息をついて、もう一度、横になる。

だめだ。

情報が足りなすぎる。

不確定だらけのところに飛び込んでいって、「なんとかなる」とは思えない。どっちかというと、石橋は叩いて叩いて叩き壊すほうの自覚はある。

落ち着いて、情報を集めて、それから考えよう。

幸い、この裁定とかいうのが終わるまでは、まだ日にちがあるんだ。それまでに、帰る方法を見つけださなくちゃ。


……そんなことを考えているうちに、どっと疲れがこみあげてきて。

気がつけば、俺は深く眠り込んでしまっていた。


「おい、起きろ」

不機嫌丸出しの声。その後、衝撃。

肩を揺すられたんだ、と気づいたのはだいぶ後になってからだった。

「………？」

目を開けると、金髪の男が俺を覗き込んでいた。鋭い金色の瞳《ひとみ》と、浅黒い肌。ええと……たしか、虎族、の。

「ふん」

鼻で笑って、俺の顎をくいっと指先で持ち上げる。あ、爪《つめ》ももしかして、なんか妙に鋭いんだな、この人。

なんか、南の国っぽい、派手な原色で彩られた柄つきの布を斜めにかけて、剝《む》き出しになった肩とかの筋肉がすごい。

「あの、えっと、たしか……虎族、の……」

「ティーグ。お前の、『ツガイ』だ」

そう言い切って、さらにじろじろと、金の瞳が俺を値踏みする。

「耳が小さいのが気にくわないが、まぁ、しょせん猿だしな」

「はぁ」

虎族だと、耳が大きいほうが美形なんだろうか？　俺からすると、かなりティーグはいわゆるイケメンだけど。

聞いてみようかな、と口を開いた途端だった。

「!!」

口が、塞《ふさ》がれていた。

正確には、ティーグの唇が、俺の唇にがっつり重なって、押しつけられていた。

そのまま、なんかざらついたものが、唇に触れる。え、これ、舌?

「あ、あのっ」

慌てて身体を引き、なんとか距離をとる。いきなりキスとか、なに考えてるんだ!? それだし、そうじゃなくて。

「なんだ」

「は、話を、させて。俺、よくわかってなくって……」

両手で自分の身体を庇《かば》うようにして、なんとかそう訴える。

が、しかし。

「話? そんなもの、必要ない」

簡単に一蹴《いっしゅう》して、ティーグがさらに俺との距離をつめてくる。肉食獣が獲物を狙《ねら》うみたいに、妙にのっそりと。ただでさえ狭いベッドの上が、さらに狭く感じられた。

「でででも、その、……わからないと、選べない、し」

それは、なんとか必死にひねり出した理由だった。

逃げ出すためとは言えないにせよ、とにかく話がしたかったし、なにより今俺は生命の危機でいっぱいいっぱいだ。

「どうせお前は我を選ぶんだ。理解はその後でもかまわんだろう」

「ちょ、やめてっ」

器用に爪の先で俺の服をひっかけて、緩いパンツが引きずり下ろされる。両手でそれを阻止すると、ティーグは小首を傾げて、俺を見た。

「なにを拒む」

「……いやその、普通、嫌だし……くすぐったいし」

「お前は我のものだ。嫌がることなど、許さない」

な、なにこの超理論!!　ここまで勝手な理由聞いたことない!!

そう、あっけにとられた瞬間。

ティーグの手が、もう一度、俺の顎を摑《つか》んでいた。

だけど、さっきよりずっと、その太く大きな指の力は強い。押さえつけられてるのは顎だけだっていうのに、全身が動かせない。

鋭い爪の先が、俺の肌に血が出るぎりぎりで食い込んでいるのが、わかる。

ぎらぎらとした金の瞳が俺を見据え、薄い唇から覗く牙はあきらかに肉食獣のソレだ。

――喰《く》う気なんだ、と。

否応なく、本能で理解させられる。

今まで生きてて、生命の危機なんて、感じたことない。

熱が四十度近く出たりして、「俺マジで死ぬんじゃねーの？」くらいは思ったことはあっても。あるいは、ジェットコースターのてっぺんで下を見たときとか。「やべー、死ぬかも」とか、よく耳にするくらいだし。

でも。

今、わかった。

あれ、本当に、ただの冗談だった。

本気で死ぬかもしれない、しかも、喰われるかもしれないと感じたときの恐怖は、あんなものじゃない。

全身がどうしようもなく痙攣《けいれん》して、歯の根が合わない。抵抗するなんて、なおさら無理だ。

怖い嫌だいやだこわいコワイイヤダこわいこわいこわいこわい……!!

それ、だけ。

ガタガタ震えながら、そんな言葉を無限に繰り返すしかない。身が竦《すく》むってのは、こういうことなのか。

「あ……」

かろうじて、カラカラに渇いた喉《のど》の奥から、ひきつった声が漏れた。

こんなに喉は渇いてるのに、頭が熱くなって、目の前が涙でにじむ。

……そんな俺を前にして、やおら、ふっとティーグは笑った。

「悪くない」

「え……?」

引き裂かれるかわりに、また、唇が塞がれた。

「ん、……っ!!」

動けない。その間に、無理やり着ていた服がはぎ取られる。

そのまま、太ももを撫《な》で上げられて……。

「ひゃあっ!!」

思わず声が出て、全身が総毛立つ。

「ほう?」

愉しげに呟いて、ますますティーグは俺のカラダを撫でてくる、けど。

「ほんとに、苦手、だから……やめ……」

びく、びく、と震えながら、俺は必死でそう口にした。

くすぐったいから、と言ったのは嘘《うそ》じゃない。

俺の弱点なんだけど……異常なくらい、くすぐったがり屋なんだよ、俺。とくに素肌とか、どこ触られても背筋が震えるほどダメだ。

だって、いうのに。

「苦手？　苦手ではないだろう」

「くすぐったい、から」

息が切れる。くらくらする。身体をよじって逃れようとしても、ティーグの手から逃げられない。

「違うな。……感じてるんだ」

「や……っ!!」

……なんてとこ触ってくんだよ!!

いきなり、他人の、その……アレとか、触るなぁっ！

「ふざ、け、っ！」

コワイ、けど。それでも、必死で。無我夢中になって、俺は両手足を振り回した。

だって、こんなの、冗談じゃない。

するど、ティーグの大きな舌打ちが聞こえた。次の瞬間、俺は身体をひっくり返され、片手を背中にねじり上げられてた。

「いた……っ!!」

無理やりに曲げられた肩が、ぎしぎし痛む。体重をかけて押さえ込まれ、今度こそ、本当に身動きがとれなくなった。

「暴れるな。面倒だ」

「……っ！」

首の付け根をぞろりと舐《な》め上げられて、息を呑《の》む。

ざらついた舌の感触が痛くて、くすぐったくて。

おまけに……。

「や、ぁ……っ」

背中とか尻とか、大きな熱い掌《てのひら》が、何度も撫で上げる。そのたびに、くすぐったい刺激に、全身が震えた。

息が苦しい。心臓が、ばくばく、耳元でうるさい。

うっすらと汗をかくほど、肌が熱くて。

「も……やめ、て……」

必死で哀願しても、ティーグは絶対に、やめてくれない。むしろ、俺の反応が愉しいみたいに、脇腹《わきばら》のあたりとか背筋を執拗《しつよう》に撫で回したり、首筋や耳に舌を這《は》わせてくるのだ。

「ひ、ぁ、……っ」

イヤ、なのに。コワイ、のに。

……どうしよう。俺、……勃《た》ってる。

こんなの、絶対、イヤだっていうのに……！

「……ふ、ぁ、っ」

不意に、どろどろした冷たい感触が、ケツのあたりでした。よく見えないけど、オイルのようなものを垂らされたみたいだ。

ティーグの太い指が、ぬるん、と肌の上で滑る。その上、その、奥の……俺の身体の、狭い穴にまで、無遠慮に入り込んできた。

「い……っ！」

当然、今までそんなとこ、触られたことも触ったこともない。だから、それがどんな感覚かなんてこと、知るはずもなかった。

「……い、や……、……っ」

なに、これ。

ぬるついた、でも、……痛くは、ない。ただ。内臓を、直接触られて。

気持ち悪い。あと、すげぇ、怖いっ。

「もっと、泣いていいぞ。……お前の泣き声は、嫌いじゃない」

「〜〜〜っ！」

腰だけを持ち上げられて、あいた隙間《すきま》に、もう片手が入り込む。背中で押さえつけられてた腕が自由になって、痛みはひいたけど、でも。

オイルでぬるついた指が、俺のアレに絡みついて。思いきり扱《しご》かれる。後ろの穴には、指、入れられたまんま、で。

「あ、は、ぁ……っ」

悲しいかな。ソコをいじられたら、どうしたって、気持ちよくって。

しかも、ぬるぬるの指で、きつく先端を握り込まれる感覚は、強烈すぎた。

瞼《まぶた》の裏が、ちかちかする。キモチイイ、と、キモチワルイ、が、全部ぐっちゃぐちゃになる。

——どれくらい、そうされてたんだろう。

「腰振るくらい、慣れたみたいだな」

喉の奥で笑いながら言われて、はじめて、俺は自分の痴態に気づいた。

両手をベッドについて、自分からティーグの指にアレをこすりつけるみたいにしてた、ってこと。

「ぁ…………！」

恥ずかしい。浅ましい。自分もただの獣になってしまったみたい、で。

泣きたいくらい恥ずかしいのに、でも、頭の中はもう、……イきたい、でいっぱいだった。

「もう……無理……、……っ」

頭が、おかしく、なる。

泣きながらそう伝えたら、ティーグは動きを止めた。

やめてくれるのかな、なんて期待は、だけど一瞬で砕かれる。

「――――ッ!!」

指が引き抜かれ、かわりに、指よりはるかに太くて熱い楔《くさび》が、俺を貫いた。

もう、声も、出せなかった。

「……起きろ」

一瞬、気絶したらしい。ケツを叩かれ、意識を引き戻される。

「は……、……っ!!」

そのまま、腰を摑んで、深く、まで。

揺さぶられるたび、ティーグ自身が、俺を串刺《くしざ》しにする。

内臓全部を引きずり出されるみたいに腰をひいて、今度は、より深くまで押し広げられて。

「や……ぬい、て……ぇ……っ」

怖かった。

痛みの、せいじゃない。

もう、痛みなんか、ほとんど感じない。だけど、かわりにわきあがってくるのは、ありえないはずの……キモチヨサ、で。

「キツい、な……。いい、具合だ」

ティーグが呟く。

「もっと、お前を欲しくなった。早く、我を選べ」

「……っ!!」

きつく。

首の後ろに、ティーグが噛《か》みついた。

痛みに手足が痙攣し、また、中のものを俺は無自覚に強く締めつける。息苦しい、くらいに。喉元まで、全部。ティーグのモノが突き刺さってる気が、した。

「い……っ」

「良い味、だ。ミコト」

満足げに、背中で声がする。

だけど俺の中にあったのは、快感と、痛みと、絶望の苦さ。それだけだった。

気絶するたびに、無理やりに起こされ、また、揺さぶられる。

一度吐精したくらいでは、ティーグは行為をやめなかった。

「…あ、は、……ぁ、……、……っ」

壊れた人形のように、ただ、俺はすすり泣いて。

その最悪の一夜が、過ぎ去るのを待つ他になかったんだ。

「大丈夫か？」

……誰だよ。ほっといてくれよ。

「朝からなにも食べてないと聞いた。……気の毒に。ひどい目にあわされたのであろう」

頭から布団をひっかぶったままの俺に、淡々とその男は語りかけている。薬っぽい、苦い匂《にお》いが鼻先をくすぐった。

「薬湯だ。気休めかもしれないが、楽になるかもしれん。少し、どうだ？」

「…………」

そのまま、しばらくは沈黙が落ちた。

乱暴をする気はないらしいことを感じて、ようやく、俺は布団から顔を出す。

傍らにいたのは、狼族の、たしかレアンだ。長めの銀髪と、鋭い青い瞳。大きな三角形の耳は、狼っていうか、シベリアンハスキーみたいだと思った。

アラビアの人みたいな、だぼっとした服装をしてる。首からさげた青い石のネックレスの先には、茶色く変色した鋭い牙がさがっていた。もしかして、これ、この人の牙なのかな。

そして、レアンは俺と目が合うと、顔をしかめ、ため息をついた。

「やはり、ひどい目にあったようだな」

「あ……」

さんざん泣いたから、まだひどい顔してるんだろう。「少し待て」と言い残して、レアンは一度立ち去ると、清潔そうな布を冷たい水に浸して持ってきてくれた。

「拭《ふ》くとよい。腫《は》れがひく」

「……ありがとう」

差し出された布を受け取って、ありがたく顔を拭いた。ひんやりした冷たさが、火照《ほて》りの残る肌に心地よい。それに、なによりさっぱりする。

どうせなら、全身を拭きたい。朝方に気絶するように眠り込んだまま、まだ風呂にも入っていなくて。……あいつの残滓《ざんし》が、あちこちに残っている気がして、ぞっとしない。

とはいえ、レアンの目の前でってわけにもいかないし……。

「背中を拭こうか？」

「え」

「気にするな。体調が悪いときは、嫌な汗もかく」

その申し出は、正直いってありがたかった。

ただ、それでも、一抹の不安はある。だって、ティーグみたいに、レアンも俺の……その、身体目当て、かもしれないし。

自分がこんなことを不安がるだなんて、思ってもみなかった。悪い冗談みたいだ。けど、なってみてわかった。一方的に性的対象にされる不安って、めちゃめちゃおっかないんだな。男として普通に生きてる限り、そんなことには滅多にならないから、ほとんどの野郎は知らないことだと思う。

深夜バイトの仲間の女の子が、往復の暴漢対策にごついブザーとか持ってて、ルートも毎日変えて、なるべく人目のある道しか歩かないって話してたときは、「へー」くらいに思ってたけど。

今なら、心から同意するよ。ほんとに、イヤだし怖い。

「……その……レアン、さんは」

「レアンでいい」

「あの、レアンは、……」

どうしよう。なんて言えばいいのか。

強姦《ごうかん》しにきたんですか、とか、さすがに面と向かって聞きにくい。

それに、俺にとっては強姦だけど、もしかしたらこの裁定って……あの五人とセックスしなくちゃいけない、そういうものなのかもしれないんだ。

濡《ぬ》れた布を握りしめたまま、青い顔で言いよどむ俺に、レアンはただ首を横に振った。

「無理やりつがうようなことはしない。俺と、俺の祖先すべてにそう誓おう」

「…………」

青い瞳が、強く言い切る。

信用して、いいの、かな。

……したい、けど。

でも今のところは、ティーグよりは、話はできそうだ。

「……お願い、します」

「心得た」

かろうじて着せられていた服を脱ぐと、予想以上に肌はぬるついていて、あちこちにひっかき傷や鬱血《うっけつ》の跡が残っていた。ホントに好き放題しやがって、ひでぇな。

「気の毒に」

痛ましそうに目を伏せて、レアンは俺の背中に布をそっと滑らせた。

「ひゃ……っ」

途端に、くすぐったがり屋の発作が出て、俺は思わず変な声をあげて肩を揺らす。

「痛むか？」

「あ、いや。その、……くすぐったく、て」

「そうか」

俺が嫌がっているのを察したのか、その後は、レアンはむしろ力をこめて、ぱっぱと背中を拭き終えてくれた。それから、俺に布を返す。

「ありがとう」

背中だけでも、かなりさっぱりした。首筋や二の腕、胸のあたりは、自分でごしごしとこする。その間、さりげなくレアンは背中を向けていてくれた。

ふっさふさの尻尾が、背中で揺れてる。……正直、あの尻尾は、ちょっと撫でてみたくなる。

「虎族は無類の乱暴者だからな。裁定者に対してくらいは、礼儀をわきまえるかと思ったが……やはり、王子といえどその程度か」

苦々しく呟くレアン。え、王子って、誰が。もしかして、あの強姦魔？

「レアン、……えっと、教えてほしいんだけど」

布を何度か折り返し、綺麗な面を表にしては、身体を拭く。その行為を続けながら、俺は思いきって尋ねてみた。

「なんだ？」

「あの……この世界のこと、とか。全然、わからないから」

「ふむ……」

レアンは、部屋の隅から椅子《いす》をとってくると、ベッドサイドに置く。そのまま、視線だけはこちらに向けないようにしつつも、俺に向かって話をしてくれた。

「五獣界は、五つの獣族が住む世界だ。それは、よいな？」

「うん」

「世界は大きく、五つの大陸に分かれている。一つの部族が、一つの大陸に住む。ただし、ここは例外で、常には誰も住まわない島だ。砂漠ばかりだからな」

やっぱりここ、砂漠なんだ。そのわりにこのへんに水とか温泉があるのは、オアシスみたいなものってことか。以前テレビで、砂漠の温泉とかいうの、見たことあるし。

それと、『裁定』のルールに関しては、バオさんに聞いたのとだいたい一緒だった。どうやらこれに関しては、五獣界に住む人にとって、『太陽が東から昇って西に沈む』並みに染みついた『常識』らしい。

だけど。

「しかし……この五百年というもの。裁定に対し、疑問が残る結果が続いている」

「疑問？」

「ああ」

レアンが頷く。五百年っていうと、裁定が五回はあったってことだよな。当たり前だけど。

「過去五回の裁定で選ばれたのは、常に虎族だった。……あのような、残虐で傍若無人で、おおよそ協調性のカケラも持たない、まさに獣のような奴らがだ！」

激しい口調でそう罵《ののし》ると、レアンは膝を力任せに握り拳《こぶし》で叩いた。

「ティーグを見ればわかるであろう。虎族の王子だが、まさにあれこそ、虎族らしい男だ」

「……はぁ……」

まぁ、たしかに、わかる。めちゃくちゃ乱暴者で、人の話聞こうともしないし。

「だが、裁定に選ばれたというだけで、虎族は五つの部族の中で長の座に君臨し続けているのだ。……ミコト」

「は、はい」

「俺は、今回の裁定で、世界が正しい方向に進むのを望んでいる。虎族の横暴を止めるためにも、狼族が、新たに長にならねばならないのだ」

青い瞳が、じっと俺を見据えている。怖いくらい、真剣に。

まぁ、そりゃ真剣にもなるよな。あんなのがリーダーなんて、実際嫌だろうし……。

「どうか正しい裁定をしてくれ。頼む。世界を、救ってくれ」

「……う、うん」

……逃げ出したい、なんて軽々しく口にはできない雰囲気だ。どう考えても。

「えっと、あと、それ……薬なんだっけ。ありがとう」

話を変えようと思って、俺は身体を拭き終えると、サイドテーブルに置かれていたカップに手を伸ばした。素焼きの素朴な器に、どろりとした茶色の飲み物が入っている。漢方薬みたいなものなのかな、これ。俺は飲んだことないけど、常連のじいちゃんがいつも飲んでるって話してた気がする。

「ああ、よかったら、飲んでくれ。楽になるはずだ」

「ありがとう」

「礼には及ばない。狼族の代表として、俺はできる限りのことをするつもりだ」

生真面目にレアンが返す。

ありがたく口にした薬は、もうあらかた冷めてぬるくなってた。

正直……不味《まず》いし、苦い。

でも、良薬口に苦しっていうし、我慢だな。

えいっと一気に呷《あお》ると、胃のソコのほうから、ぽかぽかとなんだかあったかくなってきた。ちょっとお酒も入ってたのかな？　そのうちすぐに全身が熱くなってきて、なんかちょっと、ふわふわして、ぼーっとなる。

「大丈夫か？」

「う、ん。あ……あのさ、狼族って、どんな、人たちなの？」

そうそう、それも聞いてみたかったんだ。

虎族とはずいぶん仲が悪いみたいだけど……。

「そうだな。狼族は、誇り高く、義俠《ぎきょう》心に溢《あふ》れた、優秀な一族だ。力も強いが、その力は正しいことのみに使う。それと、なによりも、友を大事にする」

「ふぅん……」

「蛇族のように狡猾《こうかつ》でもなく、兎族のように惰弱でもなく、烏族のように卑しい存在でもない。もちろん虎族のような傲慢《ごうまん》さもない。素晴らしい種族だ。俺をツガイとして選んでくれるならば、この世界はずっと素晴らしいものになるであろうと、俺は心から約束する」

……うん。でも、あれ？

「そ、っか。でも、ほら。まだ、他の人にも話を聞かないと……」

「他の一族の言葉なぞ、嘘か、価値のない戯《ざ》れ言《ごと》だ。あまり耳を貸さないようにしたほうがいい」

「う、うん……」

心から忠告してくれてるんだろうな、ってことは、わかる。

わかる、けど。なんか。

……ティーグと、根本的には、言ってること一緒じゃないのかな。

『俺を選べ』って、それだけな気がするんだけど……。

なんか、頭がぼうっとしてて、考えがよくまとまらない。

「ミコト？　どうかしたか？」

「……なんか、レアンとティーグって、少し似てるね」

しまった、って。

口にした瞬間、さすがにわかった。

「…………なんだと？」

青い目がつり上がり、耳と尻尾の毛が逆立つ。口元から覗く鋭い牙が、ぎらぎら光ってる。やばい、怒らせた。ど、どうしよう。

「ご、ごめん」

「裁定者とはいえ……いや、裁定者だからこそ、そのような誤解はやめてくれ。俺とあいつはまったく違う。あいつは自己のためにしか動かないが、俺は常に、他人のためだけに行動しているのだ」

「そ、そうだよね。ごめんね」

そうだよな。薬をくれたり、背中拭いてくれたり、普通にねぎらってくれたのはレアンなわけだし……ティーグと一緒にしたら、悪いよな。

「いや……激《げき》しすぎた。すまないな。お前は、ひ弱な生き物だというのに」

レアンはそう言うと、一旦立ち上がって、ベッドに腰かけた。

一応、もう怒ってはいないみたいだけど……。

「……そろそろ、薬は効いてきたか？」

「あ、うん」

たぶん、そうだと思う。妙に怠《だる》くて、なんか、億劫《おっくう》なくらい眠くなってきてるけど。

「なんか、眠くって……」

「そうであろう。ぐっすり休めば、回復する」

「うん……」

そうだよね、って。

目を閉じようとして、気づく。

なんで、レアンは、俺に覆いかぶさってるんだ？

「……レアン？」

「安心して、目を閉じていればよい。あとは、俺の手に任せておけ」

「…………」

レアンの手が、俺の肌に、触れた。

え、なんで？　話が違うだろ、それ！

……ああ、でも、抵抗したくても、動けない。動かない。ほとんど、口すらもきけない。

眠くて、怠くて……。

「……、っ」

「俺は、お前のツガイにならなくてはならないんだ」

レアンの言葉が、水の中で聞いてるみたいに、ぼやぼやと反響して耳に届く。

いや、水っていうか……ゼリーだ。ぬるいゼリーに閉じ込められたみたいに、現実感が遠くて、感覚が鈍い。

「ぃ、……ぁ、……っ」

結局。

やっぱり。

こうなるのかよ。

親切に思えたのに。安心できると、思ったのに。

結局俺は、『裁定者』なんていって、体《てい》のいいダッチワイフなのかよ。

そう思ったら、もう。

肉体の感覚なんて、全部、どうでもよくなるくらい。胸に穴があいたみたいに、痛くて、

……なにもかも、空虚に思えた。

なんで、なんで、こんな目にあうんだよ。

「すまない」

俺の涙に気づいたのか、レアンが言う。でも、その行為は、やめない。

オイルみたいなもので、俺の弛緩《しかん》した身体の奥を、指先で探ってる。ゆうべ、さんざん
ティーグに嬲《なぶ》られた場所は、今は麻酔がかかったように、鈍い感覚しかなかった。

「狼族と、ひいては、世界のためだ。堪《こら》えてくれ」

「……」

だったら、なにも、こんなことしなくたっていいだろ！

そう叫びたかった。でも。

「ぁ、……ッ」

めり、って。

ぼんやりした知覚でも、わかってしまう。レアンの、熱く太いものが、背後から押し入ってくる。

「う…ぁ、……、ぃ、……っ」

圧迫感が息苦しくて、必死にシーツを摑んで。少しでもずり上がって逃げようとする俺を、レアンの腕が押さえつけて引き戻す。

「じっと、していろ」

唸《うな》るような低い声。その声と力に、俺は理解する。

ああ、これは、マウンティングなんだ、って。

セックスなんかじゃない。快感のためでも、ない。レアンは、俺を屈服させるために、こうしてるんだ。自分の力が強いのだと、とことん思い知らせるために。

それはたぶん、ティーグも同じことだったろう。……ただアイツは、より、自分の欲望に従っただけみたいだったけど……。

「は……、……ぁ」

微《かす》かに息を荒らげ、レアンが動く。ぐちゃぐちゃとオイルの卑猥《ひわい》な音をたてて、アレが出入りするたび、ぞくぞくと全身に鳥肌がたった。

でも、なんか、もう。

俺、ただの穴って感じだ。

気持ちいいとか、そんなの、ほとんどない。ひたすら、早く終わってほしかった。あるいは、いっそ気絶できたらいいのに。

「ミコ、ト、……、……っ」

「……ぁ、——っ!!」

レアンの精を、体内でぼんやりと感じながら。

なんだかもう、なにもかも、どうでもよくなってた。

「どうせこんなことだろうと思ったわ。ほら、お見舞い」

「………」

ああ、また誰か来た。

でも、もう、なにか反応をするのも面倒くさい。

どうせまたあんな目にあうんだろうし。口でなにもしないとか言ったって、信用できるもんか。

「あのね、果物持ってきたんだけど……食べない？」

明るい声もする。今度は二人がかりなのか……。

「ああ、無理して起きなくていいわよ。あいつらの後じゃ、とても起き上がれないでしょ。まったく、手加減ってものを知らない獣どもなんだから。テウ、ちょっと椅子持ってきて」

「うん」

少しだけ、薄目を開けてみる。

ウェーブのかかった長い白い髪の毛と、切れ長の赤い目。顎とか肩のラインも細くて、ぴっちりしたチャイナっぽい服装のおかげで、ますますしゅっとして見える。目立った耳とか尻尾はないみたい。

もう一人は、わりとよく見かける、長い兎耳の子だ。まだ子供っぽい顔してて、身体つきも小柄だった。動くたびに長い耳と、ひらひらしたチュニックとハーフパンツの裾《すそ》が揺れる。

「あらためて挨拶するわね。アタシは、蛇族のアファア。こっちは、兎族のテウよ」

「よろしくね、ミコト」

「これ、アタシの地元から取り寄せた果物よ。こっちは、テウが作ったケーキ。少し食べてみない？　……ああ、おかしなものは入ってないから、安心して」

「…………」

そう言われても、簡単に信用はできない。

動かずにいると、「じゃあ、先にアタシらがいただいてるわ。お茶も運ばせましょうね」

アファアはそう言うと、お手伝いの人を呼んで、さっさとベッドの隣でお茶会の支度を調《ととの》えてしまった。

……中国茶っぽい、花みたいな匂いがする。切り分けた果物はみずみずしく露を含んでいて、テウが用意したケーキは、素朴な茶色。パン屋で売ってるバターケーキみたいに見えた。

「わーい！　ドラゴンフルーツ、僕大好き」

「そう？　よかったわ。アタシのとこは、果物は豊富なのよ。兎族のとこは、良い粉ができるから、食べ物には困らないのがいいわよね」

「そうだけど、甘い物はあんまりないんだよー」

二人はそんなことを話しながら、お茶を楽しんでる。

「………」

俺はそんな二人を、ただじっと観察していた。

蛇はともかく、兎はそれほど怖くはない。でも、どんな手を使ってくるかはわからないし。油断を見せちゃだめだ。

とはいえ、俺の武器は、今のところなにもない。

レアンに言われた通り、俺はひ弱で、牙も鋭い爪もない。この部屋に武器になりそうなものもないし、そうなると、あとはせいぜい、知恵を絞る他にないんだ。

そして、俺の唯一の特技は、……ただ、じっと話を聞いて、相手を観察することだけだから。

なにか、弱点はあるはずなんだ。こいつらにだって。それをとにかく、探し出さなくちゃ……。

…………ぐぅ。

「あ」

突然鳴り響いた腹の音に、俺は思わずぎょっとなって布団をかぶった。

いや、だって、すごいいい匂いなのは確かだし。結局ほとんど丸二日、ろくに食べてないし……！

「ミコト、アタシらが信用できないのはわかるし、用心するのはいいことだと思うわ。でも、空腹じゃろくな考えも浮かばないわよ」

「大丈夫だよ。僕も全部、これ、食べたやつだし。……ね、ちょっとでいいから、なんか食べよ？」

「…………」

アファとテウの言うことは、正論に思える。

俺はようやくそろそろと顔を出して、差し出された果物の一つを、おそるおそる口に運んだ。

「……！」

美味い。

なにこれ。

みずみずしくて柔らかい食感を歯で感じた途端、じゅわって、内側から甘酸っぱい汁がいっぱいに口の中に広がる。すごく上等の桃みたいだ。

「美味《おい》しいでしょう？」

気づけば、俺はがつがつと手渡される果物を食べまくっていた。

ようやく身体に入ってきた栄養に、身体の細胞すべてが喜んでるみたいな感じ。

美味しくて、美味しくて。

同時に。

「……っく………」

俺、どうしようもなく、生きてるんだなぁって……思い知る。

このまんま、いっそ餓死してやろうかって思ったくらいだったのに。こんなよくわからないところで、ひとりぼっちで、ひどい目にばっかりあわされて。死にたいって思ったのに。

やっぱり、美味いものを前にして、どうしたって貪《むさぼ》り喰ってしまう。

美味しくて、嬉《うれ》しくて。

だから、思い知るんだ。こんなにも俺の身体は、生きようと必死になってる。生きるって、簡単には絶対に投げ出せないことだ。

それが、なんだか悔しいような、やるせないような、……もう、どうしていいかわからなくて。

——俺は、食べながら、気づけば声をあげて泣いていた。

「……落ち着いた?」

腹が膨れると、感情も落ち着く。

ようやく泣きやんだ俺に、傍《そば》にあった布をアファが渡してくれた。

「……うん……」

「はい。お茶! あっついから、気をつけてね」

テウが、白磁の器に薄茶色のお茶を注いでくれる。見れば、同じ急須《きゅうす》から、二人はお茶を飲んでいるようだ。

大丈夫だろう、と判断して、俺はそのお茶もそろそろと口に運ぶ。爽《さわ》やかな苦みはあるけど、毒ではなさそうだ。

「アファ、テウ。……どうも、ありがとう」

「どういたしまして! ケーキもあるよ」

「テウ、あんた料理上手いのねぇ」

感心しながら、アフアもテウのケーキを食べている。

「兎族の嗜好《しこう》品はいつもながらグレードが高いわ」

「僕たち、食いしん坊だからね」

照れたように肩を竦めて、テウは長い耳を揺らした。

「……そうなんだ」

「え？」

「あ、その。兎族って、……食べること、好きなの？　俺、みんなのこと、知らないから」

アフアとテウが、顔を見合わせる。呆《あき》れられたかな。でも、そうなんだよ。全然わかんないから。

「レアンが少し、教えてくれたけど……よく、わからなくて」

「あいつじゃねぇ」

アフアが苦笑する。

「いいよ、教えてあげる！　なんでも！」

「もちろんよ。ああ、でも、気をつけて」

「え？」

「結局は、アタシもテウも、蛇族から見て……とか、兎族にとって、ていうバイアスはかかってるのよ。鵜呑《うの》みにはしないで。いろいろとその目で見て、自分で判断しなさいな」

「…………」

俺は、黙って頷いた。それは本当に、その通りなんだろうなって思う。

話し方はオカマっぽいけど、別に、変な人じゃないんだな。

「そうね……ごくごくざっくり言うと、この世界じゃ、まず虎族は支配者階級になるわ。狼族は、そのライバルなの」

「どっちも偉そうだし、怖いよ。いっつも威張ってるの」

「まぁ、実際金も力もあるしね。虎族は肥沃《ひよく》で広大な大地と権力。狼族は鉱山資源が武器よ。レアンとティーグを見ればわかるだろうけど、お互いずっと仲が悪いわ。まぁ、表だって争いがおきないのは、この『裁定』のおかげって感じ」

そっか。このよくわかんないしきたりも、そういうふうには役に立ってるのか。

「……蛇族は？」

「アタシらは、だいたいが商人ね。南国で、果物は豊富だけど、それだけ。交易のために世界に散らばってるわ。なにより、金勘定のほうが好きだから」

あははっとアファアは笑う。

「兎族はね、数は一番多いんだよ。大家族なの。僕もねぇ、二十人兄弟なんだ」

「にじゅう……」

多いってレベルか？

いや、でも、兎って雄雌でケージにいれとくと、すぐ増えるってそういえば聞いたことあるけど。

「蛇族はずっと少ないわよ、言っとくけど」

「そうみたいだね。で、僕らはほとんどが自分の畑を耕して暮らしてるの。あ、でも、だいたい何人かは、虎族とか狼族のところで働いたりもしてる」

「ああ……」

道理で、ここに来てからも、身の回りのお世話とかしてくれるのが兎族だったわけか。

「あとは、鳥族だけど。……あれはあれで、ちょっと特殊だから。明日、直接本人に聞いてみたほうがいいと思うわよ」

アファはそう、不意に言葉を濁した。テウもちょっと、困ったみたいに耳を伏せてしまっている。

「わかった。そうするね。……クレエ、だよね」

「そうよ」

頷いて、それから少し、アファは驚いた顔をした。

「名前、覚えてたの？」

「あ……うん」

記憶力がいいっていうのとは、また違うみたいで、教科書の内容とかはそれほど覚えられないんだけど……聞いたことは、わりと覚えてるタチだ。

「そう……」

アファはちょっと考えるみたいに、細い顎に白い指を添えた。

「そういえば、さ。混血って、いないの？」

実はちょっと気になってたんだよね。種族が違う二人が恋人とかになったら、どうするのかなぁって。

そしたら。

「え？」

「混血って、どういうこと？」

「だから、その……兎族の男の人と、蛇族の女の人が結婚したり、したら……子供は、どうなるのかなぁ、って」

「しないよお!!」

テウが目を丸くしてその場で跳ね上がった。え、なに、そんなに無いことか？

「兎族は兎族と結婚するし、蛇族は蛇族と結婚するんだよ」

「えー……あ、そう、なんだ……」

「そうだよ！　おかしいもん！」

しきりに憤慨するテウの横で、くつくつとアフアが肩を揺らして笑ってる。

「んー……できなくも、ないのよ。ごくごく少数だけど、いるらしいし。その場合は、両親のどちらかの特徴が強く出るって話よ」

「そうなの!?」

アフアの言葉に、俺よりテウのほうが驚いている。口をあんぐりあけちゃって。でも、なんか、表情がくるくる変わって、見てて楽しいな。

「アフア、ほんとに？　僕のこと、からかってない？」

「ないったら。本当よ。アタシらは商売であちこち行くから、たまに耳にするわ」

「えぇ～？」

まだ信じきれない様子のテウの額をつつき、アフアはウインクすると、「愛は種族を越えるのよ。まだお子様にはわからないかしら？」と笑った。

「……ぶぅ。僕、見た目ほど子供じゃないんだからねぇ」

ぷくぅっと、今度は焼いた餅《もち》みたいに、テウの頬《ほお》が膨らんで。

「……あ、ははっ」

耐えきれず、俺はつい吹き出してしまった。だって、「子供じゃない」って、そう言う口調がまるっきり子供すぎる。

「ひどい、ミコトまでー」

「ごめんごめん」

謝りながらも、なんか笑いが止まらなくて、慌てて口を塞いだ。

……ああ、でも。なんか。

笑ったの、すごい久しぶりの気がする。

気づいたら、アフアもテウも、そんな俺を見て嬉しそうに目を細めていた。

……なんか、ものすごい気を遣ってくれてんだな。二人とも。

「……ありがと」

「なにが？」

テウは首を傾げて、でも、アフアは。

「油断しちゃだめよー。こうやって好感度を稼いで、選ばれようとしてるのかもよ？」

ちろ、とアフアの舌先が唇から覗く。その舌がえらい長い上に、二股《ふたまた》に分かれてることに、ちょっとびっくりした。……ホントに蛇なんだな。

「そうなの？　……でも、それならそれでも、いいよ。そういう賢さも、必要だと思う」

それが本心なのかどうかを、見極めるのがたぶん、俺の仕事なんだろうし。

「ただ、俺は今日、二人のおかげで命拾いしたんだ。それは本当だから。……ありがとう」

そう返したら、アファとテウは顔を見合わせて、……それから。

「うん。いいわ。アタシ、あなたのこと気に入っちゃったかも」

「僕も!!　ね。もっといろいろ話もしたいな。一緒にここで、ご飯も食べていい？」

「もちろん。アファも、いい？」

「ええ、それならアタシにディナーは任せて。ミコト、この世界の食べ物もほとんど知らないんでしょう？　とんでもないところに来たなんて思われたくないし、五獣界と蛇族のメンツにかけて、ご馳走《ちそう》しちゃうわよ」

「わぁい!!」

歓声をあげて飛び上がったのは、俺よりもちろん、テウのほうだった。……どうやら兎族が食いしん坊っていうのは、ホントらしい。あ、でも。そういえば。

「ねぇ。なんで、テウとアファは一緒に来たの？」

そう尋ねたら、また途端にテウは頬を赤らめて、もじもじと俯いた。

「えっと、……それは、その……」

「テウが泣きついてきたのよ。どんな人か怖いから、一緒に来てって」

「アファア、言わないでよぅー！」

テウが抗議する。けど、そっか。なんか、すとんときた。

そうだよな。俺だって、彼らは得体が知れなくて怖いけど、彼らにしてみれば、俺も異世界人なんだった。

「……でも、よかった。ミコト、全然怖くなかったから」

にこって、テウが笑いかけてくれる。

「……うん」

よかった、って。

俺も、思った。


それから、アファアが用意してくれた夕食は、ほんとに豪華だった。鳥の丸焼きや、ハーブをきかせたスープやら、あったかいパイやら。半分くらい材料名はわからなかったけど、どれも、すっごく美味しかった。

食べながら、二人はいろんな話をしてくれた。

この世界の伝説に絡めた、各地の話とか。流行《はや》ってる音楽だとか。

そのうち、お手伝いの兎族の子たちも混ざって、テウたちみんなで可愛らしい踊りも披露してくれた（これがホントの、兎のダンスだなあ……なんて思ったことは、まぁおいといて）。

――そして、ようやくその夜は、心も胃袋もすっかり満足して、俺は眠りについたのだった。

次の日。

その人は、不思議な『井戸』みたいなところにいた。

いろいろな薬品や、実験道具みたいなのやら、さらに書きつけた大量の書類が散乱してる。それに埋《うず》もれるようにして、彼はいた。

「……少し、いい？」

「み、みみみこと様!?　ど、どうして？」

悪戯《いたずら》が見つかった子供のように大仰に慌てて、その人――鳥族のクレエは、俺に向かって頭を下げる。

「その、私とは、明日にご面会の予定では……」

「テウとアファとは、昨日たくさん話したから。……邪魔だった、かな」

「いえ、そんな、とんでもない、です」

クレエはまだ、顔をあげない。

白いシャツに、黒のロングコートをきっちり着込んで、両手にも手袋をしたままだ。薬品とかを扱うからなのかな、あちこち薄汚れてはいるけど、不潔な感じは不思議としない。

わりと華奢《きゃしゃ》な身体つきで、黒髪を一つにきちんと束ねてる。実験中だったからか、今日は長い前髪も、後ろに流してまとめているみたいで、ようやく顔つきがわかった。

……それにしても。

「あの、……なにか……」

「……ええと、綺麗な顔だよね、って思って」

「そんな！　とんでもない!!」

またおろおろして、クレエはさらに顔を伏せてしまった。

いや、クレエに限ったことじゃないんだけど。アファも、テウも、……癪《しゃく》だけどもティーグやレアンにしても、みんなタイプは違いながら美形ばっかりだ。そりゃまぁ、ツガイとして選ばれるためにも、一族の中でもハンサムを揃《そろ》えてるんだろうけど。この状況って、俺が女の子だったら、もう少し楽しめるのかなぁ。

「…………」

クレエはじっと黙ってる。

だから、俺もしょうがなく、しばらくは黙ってこの場を観察してた。

ここは、『裁定の館』の中心部だ。昨日、アファとテウに案内されて、ようやくこの建物の構造がわかってきた。

まず、中心に塔がある。この井戸みたいなものは、その三階部分だ。

その下に、俺の部屋。一階は、昨日食事したホール。俺が初めて彼ら五人に対面したのも、そこだった。

で、この塔を中心にオアシスの庭が広がり、そこに五芒星《ごぼうせい》みたいな配置で、五カ所に大小の天幕がある。そこが、彼ら五部族にそれぞれ与えられた住まいなんだそうだ。

で、この、目の前にある『井戸』みたいなもの……円形の白い石作りで、中は綺麗な水のようなものがいっぱいに満たされている。透明なのに、でも底は見えない。

本当の井戸なわけがない。だったら、三階部分になんて作れないはずだ。

「クレエ、……こ、これ、なに？」

「え、……これが、『扉』です」

つっかえつっかえ、クレエが説明してくれたのは、以下のことだった。

この世界の移動手段は、もっぱら馬車か徒歩だ。海を渡るにも、帆船くらいしか方法はない。だけど、たった一つだけ例外がある。それが、この『扉』らしい。

各部族の首都に、一つずつ。それはいずれも、ここにつながっている。

「え、全部の部族が、ここを使うの？」

「いえ、それぞれの天幕の近くに、専用の『扉』があるのです。この場所の『扉』は、特別で……ええと……ミコト様がいらした世界と、五獣界をつなぐ、ものなのです」

「これが？」

じゃあ、ここから俺は来たってことなのか。

思わずしげしげと水面を見下ろす。

「手、入れても……平気」

「それくらいならば、平気だと、思います」

それならと、思いきって手を入れてみる。ひんやりとした、普通の水の感触だ。でも、動かしてみても、不思議と抵抗は少ない。

「……飛び込んだら、帰れるのかな」

「いえ、難しいかと……」

クレエはそう言うと、実際に、傍にあった天秤《てんびん》の皿から重りを一つ持ち上げると、水面に置いた。

いくら小さいものとはいえ、あきらかに沈むはずのその重りは、水面で揺れるのみで、ひとつも沈んではいかない。

「扉が閉まっている間は、こうなのです」

「そっか……」

がっかりして、思わずその場に俺はしゃがみ込んだ。てっきり、これで帰れると思ったのに。

「……ミコト様……」

「そう簡単には、帰れないってことなのか」

ため息をついて肩を落とす俺に、「すみません」と何故《なぜ》かクレエが謝る。

「どうしたの。別に、クレエのせいじゃないよ」

「ですが……研究がすすめば、いつかは……」

「研究？」

「はい」

クレエは頷いた。

クレエが言うには、烏族は、皆なにかを研究して過ごすのだという。その中でも、クレエが力を注いでいる研究は、この『扉』のことだそうだ。

扉の力は、クレエたちにとっても魔法の部類に入る。原理もわからず、使えるのもこの裁定の間に限られている。

もしもこれを、常時つなげることが可能ならば、大陸間の人や物の移動はずっと楽になることは明白だ。

「それで、ここにいるの？」

「はい。私は幸運です。扉が本当に動いているときに立ち会えたのですから。少しでも多くの実験をして、次につなげていかねばならないのです」

両手を胸の上に置いて、しみじみとクレエは言う。

「そっかぁ……」

「それに……私が目につくところにいると、みなさん、困るでしょうし……」

「…………ねぇ」

苦笑するクレエに、なんとなく、ある疑問がわく。

レアンの口ぶりとか、アファとテウの言いよどみ方からして、もしかして。

「……鳥族って、差別、されてるの？」

びく、と黒いコートに包まれた肩が震える。だけど、口では、クレエはなにも言わなかった。

まぁ、言うまでもないことなんだろうな。

ただ、小さく。

「……鳥族は、異端ですから」

「…………」

異端、かなぁ。

見た目には、クレエは一番人間っぽい。耳も出てないし、尻尾もないし、舌が二股でもないし。

翼があるのかもしれないけど、だぼっとしたコートの下なのか、目にはつかない。

「えっと、ごめん。……なんで?」

「え?」

「その……姿形のせいなの? だとしたら、俺からすると、みんなそれぞれ変わってるから、どこがどう違うのか全然わかんない。飛べるのも、便利そうだなって思うし」

俺の言葉に、クレエは一瞬ぽかんと目を丸くして、それから、俺の顔を遠慮がちに見つめた。

「……あの、翼があるといっても、退化はしておりますから、そう長くも、高くも飛べないのです……。なにより、烏族は、黒い翼を持ちますから。目も髪も、すべて黒ですし……不吉だ、と……」

「黒が不吉なら、俺もそうなんだけどなぁ」

「ミコト様は、……綺麗な茶色の瞳をしてらっしゃいます。髪も、その、……私よりは、明るい色です」

まぁ、たしかに。クレエは瞳も髪も、漆黒っていうくらい真っ黒だ。

「綺麗だよ」

「え？」

「真っ黒で、艶々《つやつや》してて、俺はめっちゃ綺麗だと思う……けど。少なくとも、俺に対しては、その、……あんまりへりくだらなくて、いいよ」

たぶん。

おどおどして、ゆっくり話すクレエの態度に、俺は一番親近感を抱いてた。

もっと仲良くなりたいなぁって、普通に思ったんだ。

「ミコト様……！　もったいないお言葉、です」

「だから、やめてってば。……ね、それより、もう少し教えてほしいな。いろいろなこと」

「……私にわかることでしたら、いくらでも！」

クレエは嬉しそうに頷いてくれた。

知識が多い人によくあるけど、興味をもってくれると、嬉しくなっていろいろ話してくれるんだよね。

それも今の俺にとっては、かなりありがたいことだった。

実際、扉の話にしても、一つ確信を持てたことがあった。

混血の話のときにも感じたことだけど、彼らはどうも、部族間の交流がほとんどないらしい。商人であるアファだけは、ちょっと違うとはいえ。

どうしてかなって思ったけど、交通機関が未発達なんじゃ、ある程度は仕方がないかもしれない。全体の大陸の大きさはわからないけど、一泊二日で行き来できる距離じゃ、少なくともないだろうし……。

「地図とかって、あるの？」

「ええ。どうぞ」

そう言って、クレエが広げてくれたのは、古びた羊皮紙のようなものだった。

「ここが、ミコト様が今いらっしゃる場所です」

指さしたのは、小さな島だ。白っぽい色は、砂漠を表しているんだろう。本当に、ただただ砂漠の場所のようだ。

「それから、この大陸が虎族のもので……」

クレエが指さし、説明を続けてくれるけど、俺にはそれよりも気になることがあった。

「ご、ごめん。……その、この文字って、……なに？」

地図にある、ぐにゃぐにゃした模様。アラビア文字に近い形かな？　でも、全然わかんない。

「私たちの言葉ですが。ミコト様も、今、お話しになってますよ」

「え？」

寝耳に水、だった。

そういえば、全然気にしてなかったけど。

なんでみんな、普通に日本語話してるんだ？

「それぞれの部族で独特の言葉や発音もありますが、共通した言語もあります。これは、共通語の文字ですね」

「日本語じゃ、ないの？」

「ニホン語？」

目を丸くしたのは、今度はクレエのほうだった。

それから、二人であれこれと現状をつき合わせた、結果。

どうやら俺は、共通語を聞いたり話したりする分には、まったく不自由がないらしい。

勝手に翻訳される機能が追加されてる感じだ。

でもそれは、文字には適用されないから、俺は彼らの文字が読めないし、彼らも漢字や平仮名を読むことができないという。

「裁定者の能力なのかもしれませんね」

「……まぁ、そうか……」

むちゃくちゃだけど、言葉も通じない状態で、二十五日でツガイを選べって言われても無理だろうしな。そのための、魔法の力ってことなのかもしれない。

でも、どうせ魔法の力なら、あいつらの暴力に屈しないくらいの腕力とか、火を吐くみたいな魔術とか、そういう力も欲しかったっつーの……！

「ですが、とても興味深いです。ミコト様のカンジという字は、文字に意味があるのですね！　しかしこれでは、覚えるのが大変でしょう」

「……まぁ、ね。でも、いくつか法則を覚えれば、簡単だよ」

そう言って、俺は「木」と「林」と「森」の字を書いてみせた。

「木が増えると林、さらに多いと、森になる……みたいに」

「なるほど!!　芸術的なだけでなく、理論的でもあるのですね」

そういうふうに考えたことはなかったけど、そこまで感心してもらえると、なんか誇らしい気もする。

「さすが裁定者様です。素晴らしい文明からいらしたのですね」

「う、ううん……」

そこまで目を輝かせて絶賛されると、ちょっと困るけど……。

まぁ、実際技術はここよりすすんでるけど、じゃあどういうものかって俺には説明はできないし。スマホとかテレビとか、使っててもその作り方まで知ってるわけじゃない。原理がわからないって意味じゃ、目の前の扉を動かす魔法の力とどっこいどっこいだ。

でも。

クレエはなんとか、その謎に触れようとしてる。

「……クレエって、偉いな」

「え？　な、な、なにをおっしゃいますか!?」

仰天するクレエに、俺は思わず微笑《ほほえ》んだ。

「そう思っただけ」

「……ミコト様」

クレエは白い頬を微かに染めて、やおら、自分の首の後ろに手をやった。

そして、襟元から小さな石のついたネックレスを引っ張り出すと、俺に向かって差し出す。

「なに？」

「受け取っていただきたいのです。高価なものではありませんが……」

澄んだ緑色の石は、あまり見たことのないものだった。

え、でも、いいのかな。

「本当に、いいの？」

「はい。……この石は、蛍石といいます。火を近づけたり、熱を加えたりしますと、反応して淡く発光する性質がありますので、あちらの照明などに使われています」

指さしたのは、壁際に作られた窪みのようなものだった。そういえば、俺の部屋とか廊下にもあるけど、ぼんやり夜になると光ってたっけ。

電気がないらしいっての、あんまりぴんとこなくてわからなかったけど、そうか、こういう燃料なんだ。

「ですから、宝石の類《たぐい》ではないのです」

「そうなの？　綺麗なのにね」

「ええ。ですから、私も好きで身につけています。……それに、この石を使って、もっと明るい光を出すことができないかと思って、その、研究しているんです」

「そっかぁ。すごいね」

ほんとに、いろんなコトに興味あるんだな。

でも、そういう大切なものをくれるって、なんか嬉しい。

「……これくらいしか、さしあげられるものはありませんが」

クレエはそう言うと、ネックレスを受け取った俺の手を、そうっと自分の手で包み込んだ。そして、俺の指先に、自分の額をそっと押しつけるようにして目を閉じる。

「……私の心と思って、受け取ってください。ミコト様」

「………………うん」

精一杯の、親愛の情を示してくれたんだなって、ちゃんとわかった。

「その、うまく言えなくて、ごめんね。でも、……ありがとう」

そして、俺のぎこちないながらも精一杯の謝意も、ちゃんとクレエはわかってくれたみたいだった。


――こうして、俺は『五つの夜』を終えた（一日短くなったけど）。

逃げ出す方法については、相変わらず謎のままとはいえ……多少は、この世界について、わかってきた気がする。

その上で、俺は一旦紙を広げて、現状を整理してみることにした。

紙と鉛筆は、クレエにわけてもらった。わら半紙みたいなのに、木炭で書くわけだから、ひっかかって書きにくかった上にひどい字だったけど、まぁ、俺しか読まないし、読めないから別にいいだろ。

　さて。逃げる方法を考えるのは最優先にしても、身を守る方法も考えなきゃいけない。これから後は、順番もなにもないらしいし……またティーグに襲われるのも勘弁してほしいし、レアンにしてもなんとか対策しなくちゃだ。

　それと、もう一つ。

　……どうしても、気にかかることがある。

「……どうしようかなぁ……」

　その方法をうんうん考えて――。

　俺は、五日目の昼を迎えた。

「今後、夕食はみんなで食べない？」

バオさんに頼んで全員をホールに集めると、俺は思いきってそう切り出した。

「え……？」

しばらくは、みんな絶句だった。

「え、だ、だって、しばらくは共同生活みたいなものなんだし……一日に一度くらい、全員で顔を合わせたほうがいいかな、って……」

タテマエとしては、そうだ。

本音を言えば……。

「冗談じゃない。こんな奴らと一緒にメシなんか食えるか！」

そう怒鳴ったのは、予想通りティーグだった。

「それより、五つの夜は早く終わったのだろう。だったら、今日からお前は我のものだ。我の天幕で過ごせ！」

「……！」

これも想像通りだったけど、俺は慌てて伸ばされたティーグの腕をかわして、あえてレアンの後ろに逃げ込んだ。

「どけ、狼野郎」

「そうはいかない。ミコトは、俺を頼っている以上、お前の好きにはさせられない」

レアンとティーグが睨み合う。えっと、とりあえず、今のうちだ。

「……ケンカをするようなら、俺は選ばないよ！」

必死で一晩考えていたことを、俺は口に出した。

途端に、レアンとティーグの動きが止まる。

「えっと……その……俺は、争いは好きじゃない、から。……裁定の場を血で穢《けが》す行為は、自分で権利を手放すものだと、思って」

「…………」

ティーグが悔しげに俺を睨みつける。牙を剝き出しにして、グルル……と唸る声も聞こえた。

正直、めっちゃくちゃ怖い、けど。でも、たぶん……。

「聞こえた？　アンタたち。それが今回の裁定者様のルールよ」

アファがそう口添えしてくれて、ほっとする。

「……ひ弱な猿が考えそうなことだ」

悔し紛れに、ティーグが呟いた。つか、この人、こんなに俺に失礼なことしといて、自分が選ばれるって本気で思ってるらしいとこが、いっそ逆にすごいな……。

「レアンも、いい？」

「……ミコトが言うならば、従おう。もっとも、俺は好んで争いたいわけではない」

レアンの言葉に、ケッとティーグが顔をそらして。

「我を従わそうとは、身の程知らぬ猿が。……今日のところはひいてやるが、いい気になるな」

吐き捨てて、ティーグは大股でホールを出ていってしまう。

「放っておけ」

レアンが言い、アファは肩を竦めた。

テウは物陰で成り行きを見守っていて、クレエはといえば、俺が最初に提案を口にしてからずっと、青ざめて立ち尽くしている。

「皆で食べるとしたら、場所はここでいいだろう。食事は誰が供する？」

「こないだテウとミコトとアタシで宴会をしたときは、アタシが出したけど。全員でっていうなら、持ち寄りでいいんじゃない？　一人一品、とか」

「ふむ……そうだな。たしか、兎族は肉を食えないとも聞いているが、どうなんだ？」

「う、うん」

「ならば、テウの分はなにか別に用意するか」

てきぱきとレアンが話をまとめていく。

意外とちゃんと意見も聞いてるし、団体のリーダーってのに慣れてる感じだ。やっぱり、狼だからなのかな。たしか、群れを作る習性って聞いたことあるし。

これなら、とくに俺が口を挟む必要はなさそうで、助かった。

「……はぁ」

思わず、そこらにあった椅子に座り、俺はため息をつく。

ティーグの剣幕はおっかなかったけど、ひとまずはうまくいきそうだ。

身を守るために、一番注意しなくちゃいけないのは、どう考えてもティーグで。その防御壁としてって意味なら、レアンは一番頼りになりそうだと俺は判断していた。かといって、本気でケンカして、どちらかが勝たれては困る。……だから、争いは禁止にした。

ストレートに、性的行為を禁止してもよかったんだけど、それだと、ティーグが言うことを聞くかわからなかったし……。ケンカってだけなら、まぁ、なんとか気づけば仲裁もできるかなって。

うまいこと、ティーグとレアンがお互いを監視し合うことで、どっちも動けなくなればいいんだけどなぁ。

しかしまさか、自分の貞操を守るために頭を使うことになるなんて、思ってもみなかった。マジで。

で、食事に関しては、だけど。

「……ミコト様」

「あ、ああ。クレエ、大丈夫？」

そっと近づいてきたクレエは、相変わらず顔を伏せたまんまだ。

「私は大丈夫ですが、ミコト様、もしや……」

私のためですか、とクレエが言外に尋ねてくる。それに、俺は苦笑して首を傾げた。

「んー、クレエのためっていうのもあるけど、できたら、みんながもう少しわかり合えるといいなぁって思って」

それが、本当の目的だ。

烏族に対する差別が一番だろうとしても、それぞれみんな、他の部族に対して大なり小なりの偏見がある。なにより、ほとんど関《かか》わろうとしていない。

好き嫌いはしょうがないけど、お互い知ろうともしないで決めつけるってのは、俺はあんまり好きじゃない。

で、同じ席で食べるっていうのは、やっぱり一番手っ取り早いかなぁと思ったんだ。このあいだ、アファとテウと親しくなれたのは、一緒にご飯食べたからだと思うし。

「全部の部族が集まることなんて、そうはないんでしょ？　だから、せっかくだし」

「……………ミコト様」

ありがとうございます、とクレエは頭を下げた。


その日の夕食は、最初はやっぱり、お通夜みたいな雰囲気だった。

みんなで丸くなって座って、俺の右にレアン、その次にテウ、それからクレエ。で、俺の左側がアファアっていう順番だ。場所を決めたのは、レアンだった。

「…………」

レアンは無愛想だし、クレエは当然萎縮《いしゅく》して黙り込んでいる。レアンの隣で、テウもこないだより緊張してる顔。違わないのは、アファアだけだけど……アファアばっかり話すってわけにもいかないし。なにより、俺ってば、提案したくせに、こういう座を盛り上げるようなことはてんで無理なわけで……。

……どうしよう、と途方に暮れつつも、俺は見慣れない料理を口に運び続けていた。

「どう？　美味しい？」

アフアが尋ねてくれるのに、俺はせめてちゃんと頷いてみせる。

「どれが好きだった？」

「……えっと……」

そ、その質問はちょっと困る。みんなの視線が、一斉に集まるのがわかるし。あ、そうだ。

「ごめん、どれが、誰の……？」

おそるおそる尋ねると、皆は一瞬顔を見合わせた。そんな変なこと言ったっけ。

「そうか。ミコトは、この世界のことは知らぬのだったな」

「うん。あ、でも、これはわかるよ。……テウの、だよね」

指さした豆のパイは、こないだ食べたものだ。テウが耳をぴんと立てて、嬉しそうに頷く。

「こないだ美味しいって言ってたから、用意したの！」

「ありがと。美味しかった」

「これが、俺の用意したものだ」

レアンが示したのは、がっつり肉の塊を焼いて、塩コショウで味付けした料理だった。

かなり男の料理っていうか……さすが、ザ・肉食。

「こっちがアタシよ」

アファのは、魚の煮込み。盛りつけがすごく凝ってて綺麗だなぁと思ったやつだ。味付けも、ハーブとかソースとか使ってて、かなり美味しい。ってことは……。

「このスープが、クレエ?」

「は、はい……お口に合えば、いいのですが……」

「貧相な汁だな」

レアンが顔をしかめる。実際、ほとんど手をつけてない。具はなくて、どろっとした茶色のスープだ。

「す、すみません。これは、薬膳《やくぜん》でして……身体に良い薬草や実を、形がなくなるまで煮込んだもの、なんです」

「ああ……だから、身体がなんだかぽかぽかするんだ」

俺がそう言うと、ふんふん、とテウもスープの匂いを嗅《か》いでみている。

「ふぅん。薬膳ってのは、聞いたことあるけど、食べるのは初めてだわ」

アファは興味深そうだ。もしかしたら、いい商売になると思ってるのかもなぁ。

「そうなの?」

「アタシのとこだと、熱出したときとかには冷やした果物を食べたりはするけどね。小さい頃は、それが食べたくて熱出したフリとかしたわ」

くすくすとアフアが笑う。桃缶とかアイスみたいなものかな？

「いいなぁ。僕のとこは、にっがーい草の煙を吸うんだよ。喉にいいんだっていうけど、目にしみるし、すっごくイヤだった！」

そのときのことを思い出したのか、テウは耳を伏せて、ぶるぶるっと身震いしてみせた。よっぽどイヤだったんだな。

「……レアンのところは？」

水を向けてみると、レアンは。

「そうだな。熱を出すと、熱い薬湯に入れられる。その後、雪の中で過ごすな」

「なにそれ！　逆に熱出そうじゃない!!」

信じられない！　とアフアが仰天する。

「汗が大量に出るからな。それで熱は下がる」

「ハードな治し方ねぇ……」

「狼族では、普通のことだ」

呆れるアフアと、至極当然そうに言うレアンの対比がなんだか可笑《おか》しくて、思わずちょっと笑ってしまった。

それからも、食事をしながら、気づけばいろいろなことを聞けた気がする。

その地方の食べ物だとか、お酒のことだとか。みんなの家族の話も、少し出た。

どうしても喋《しゃべ》り上手なアフアがメインにはなるけど、レアンもテウも、そのうち自分たちのことは熱心に話すようになって。みんな驚いたり、呆れたり、感心したりしていた。

クレエは、俺と一緒で口数は少なかったけども、時々楽しそうにしてて、安心したし。

少なくとも、朝方より、ずっと雰囲気はよくなった気がした。

これを続けていけば、もっと変わるんじゃないかなぁ。

……問題は、一番のトラブルメーカーが、参加してないってことだけど……。

結局、ティーグがあのまんまじゃ、しょうがない気がする。

はぁ、と思わずため息がもれた。

正直怖いけど、やっぱりもう一度、話だけでもしてこよう……。


食事が終わって、解散してから、俺はティーグの天幕を訪ねてみることにした。

俺の暮らす塔をぐるりと囲んだオアシスの庭の中でも、ひときわ派手な天幕。絶対ティーグのだろうって、見た目だけでわかる。鮮やかな布や、色とりどりの羽根だの文様が飾られ、灯《とも》っているランプの数も群を抜いて多い。

それほど、裁定者に選ばれるっていうのは、絶対的な力を持つことなんだろうなぁ……そう思うと、改めて気が重い。

とにかく逃げたいってのが、本音だったけど。……せめてこの裁定とかいうのは、ちゃんと終わらせないといけないのかもしれない。

そう思いながら天幕に近づくと、すぐに数人の召使いらしき人たちが、俺を出迎えた。

「裁定者様、ようこそいらっしゃいました。ティーグ様は、こちらです」

恭しい態度でそう言うと、俺を案内してくれる。

なんだ、虎族っていっても、誰も彼もがティーグみたいに威張りちらしているわけでもないんだな。

考えてみりゃ当たり前か。俺たち人間だって、いろいろなんだし。

案内された天幕の中は、これまた見た目以上に豪華だった。

床には細かい刺繍《ししゅう》の施された絨毯《じゅうたん》が何枚も敷かれて、天井からも綺麗なランプがいくつも下がっている。蛍石ではなくて、蠟燭《ろうそく》みたいだ。そのせいか、他の部屋よりずっと明るい。

それから、微かに甘ったるい匂いがする。南国系の雑貨店とかで嗅ぐ匂いに、少し似ていた。たぶん、お香でも焚《た》いているのだろう。そういえば、ティーグの身体からも、微かにこの匂いがしていた。……あんまり思い出したくもないけど。

その奥で、ティーグは柔らかそうなクッションを何重にもした上に、偉そうに寝そべって俺を出迎えた。長く太い縞柄の尻尾が、ゆるりと伸ばされている。

「遅かったな」

「……え？　来る約束はしてなかったけど」

「我のものならば、我のもとに来るのが当然だ」

「…………」

出たよ、このむちゃくちゃな論法。頭が痛くなりそうだ。

とりあえず、用意してもらったクッションの一つに座って、ティーグと向かい合う。召使いの人が、俺に高坏《たかつき》に入ったお酒みたいなものを持ってきてくれた。他にも、干し肉だとか果物だとか、いろいろ。

「あ、食事はしてきたから。ありがとう」

俺が断ると、ただ無言で頭を下げていく。というより、居てほしいんだけどなぁ……。

ティーグと二人きりってのは、ちょっと。

それにしても、やっぱり虎族っていうべきなのかな。いる人はみんな、綺麗で逞《たくま》しい身体つきなんだけど、どこか猛々《たけだけ》しいっていうか、精悍《せいかん》？　っていうか。

ティーグも、すごい筋肉質な身体つきで、なんていうか、極限まで鍛えられたアスリートってこんな感じなのかな？　って印象だ。抜き身の剣の目の前にいるみたいで、やっぱり、怖い。

「また我に抱かれにきたのか？」

さらに、怖いくらい整った顔にからかうみたいな笑みを浮かべて、ティーグが言う。

「それは、ない。……ただ、話を、してほしくて」

射すくめられそうな眼差《まなざ》しから、つい目をそらしてしまいながら、なんとか俺はそう答えた。

「またそれか。お前はなにかというと話がしたいとか言うが、それがなんになる」

「その、俺に対してだけじゃなくって……みんなと、だよ」

「あんな奴らと、なにを話せと？」

……とりつくしまもないな。予想はしていたけど。

「そんなことより、早く脱げ。数日ぶりだ。お前も、飢えているだろ？」

ティーグがのそりと身を起こす。その動きに、俺も慌ててクッションから立ち上がった。

「夕食に来てほしいって話をしにきただけだから！　おやすみ！」

けど、当然聞く耳持たないティーグが、俺の腕をとらえた。その力の強さと掌の熱に、思わず声がもれる。

……それだけじゃない。咄嗟《とっさ》に、思い出してしまう。

ティーグの手が、どんなふうに俺を抱いたのか。あのときの恥ずかしさと、同時に……めちゃくちゃな快感まで。

「や……」

なんとか逃げなくちゃ。

そう思った瞬間だった。

「…………？」

ティーグが、ふと動きを止めた。

「な、なに？」

おそるおそる目を開くと、ティーグは俺の胸元にある石を凝視していた。クレエのくれた、蛍石だ。

「これは、どうした？」

「……クレエが」

くれたんだ、と続けようとした。けど。

ティーグはその答えに、鼻で笑うと、やおら俺の首元からネックレスを引きちぎってしまった。

「い……っ！」

細いヒモが首元に食い込んだ一瞬の痛みの後、慌てて顔をあげる。ティーグは蛍石をつまらなそうに掌の上でためつすがめつしていた。

「いかにも、鳥の奴らが好きそうなものだな。貧弱な光り物だ」

それは、クレエからの親愛の心だ。

いくらティーグが偉いからといって、馬鹿にされるいわれはない。

「……返せ」

情けないけど、俺の声は震えていた。

ティーグが怖いせいもある。その上、俺は、今までほとんど声を荒らげたこともないし、人を怒鳴りつけたこともない。それよりは、黙っていたほうが楽だからだ。

でも、今、俺はすごく悔しくて。黙っていられなくて。

「我に命令をするのか？」

ぐいと、ティーグの顔が近づいた。鋭い金の瞳が、さらにつり上がる。口元の牙がぎらぎら光っていて、今にも歯をたてられ、音をたてて喰われそうだ。

……それ、でも。

「返し、て」

喘《あえ》ぐように、俺はもう一度繰り返した。

その反駁《はんばく》に、ティーグは眉根《まゆね》を寄せ……それから、やおら俺を突き飛ばすと、外へと向かって歩きだす。俺はその後を慌てて追いかけた。

夕闇《ゆうやみ》の中、オアシスの周囲は静まりかえった砂漠が広がっている。まだ細い三日月と星の他は、なんの灯《あか》りもない。その暗い海のような砂に向かって、ティーグは思いきり、手の中の小さな石を投げ捨てた。

「!!」

なんて、なんてことするんだ。

砂漠に飛び出して探そうとする俺を、騒ぎを聞きつけた召使いたちが押しとどめる。

「離して。離してってば！」

「裁定者様は、裁定の場から離れてはなりません。掟です！」

「なんだよそれ！　嫌だよ!!」

「いけません!! 砂漠には、危険な毒虫もいます! 貴方《あなた》のためです!!」

その言葉に、さすがに一瞬怯《ひる》む。だけど、今ならまだ、探せるかもしれないのに。手が届くかもしれないのに。

暴れても、四方八方から押さえつけてくる強い力を振りほどけない。もがく俺を、ティーグはただ、不愉快そうに見つめていた。

そのうちに、力尽きた俺は、ぺたりとその場に膝をついた。ようやく手足が自由になっても、すぐには動けなかった。

そんな俺を見下ろし、ティーグは言った。

「我のものが、あのような無価値なゴミを身につけるな。不愉快だ」

「…………」

声が、出なかった。

怒りと、悔しさと、悲しさとで、勝手に涙が出てくる。

その上で、——初めて思った。

負けたく、ない。

「……無価値じゃ、ない」

「なんだ?」

「お前なんかに、そんなことを決められたくないっ!!　わかった。お前は話をしないんじゃない、できないんだ!!　なんにも知らないから！　なにも、知ろうとしないから！」

「なんだと……ッ」

ティーグの瞳が、怒りに燃え上がる。本能的な恐怖に、肌が粟立《あわだ》った。

それでも、俺はみっともなく泣きわめき続けた。

悔しかったんだ。

価値があるものじゃないって、そりゃ、クレエだって言ってた。

でも、俺にとっての価値は、値段とかそういうんじゃなくて、クレエの気持ちだった。

なのに、ティーグにはそれがわからない。

弱いから？　安物だから？　権力がないから？

……そうだろう、そうかもしれない。でもそれは、『無価値』とは違うはずだ。

だって、俺も、そうだから。

体力も腕力もなくて、知恵もなくて、もちろん権力もなくて、――なんにもない。

でも、そんな自分を、俺は『無価値』だなんて思いたくなかったんだ。

「強いからって、偉いからって、なんだっていうんだ。そんなものに、俺は従わない。絶対に!!　俺は……お前なんか選ばない!!　選ぶ理由もない！」

言い切って、頭が真っ白になった。苦しくて、必死に肩を上下させて、俺は息を継ぐ。

「…………」

ティーグが喉の奥で低く唸った。

殺されるのかもしれない、とちらりと思う。

それでも、別によかった。なにも抗《あらが》えず、ただこの男に怯《おび》えて言いなりで過ごすより、ずっと。

……それから、どれくらいたったのだろう。

気づけば、ティーグの姿はなかった。召使いも、誰も。

「…………」

呆然としながら、俺は、空を見上げた。細い三日月。あれが満月になるときには、この裁定は終わると聞いている。

でも、まだ、空の月は頼りなく細いままだった。

それから。

ネックレスをなくしてしまったことは、正直にクレエに詫《わ》びたけど、クレエは笑って許してくれて。その後、手先が器用なテウが、新しい蛍石のネックレスを作ってくれた。

クレエがもう一度わけてくれた蛍石に小さな穴をあけ、テウの用意した革ヒモを通してある。革ヒモも色が違うものを数本で編み込まれてあって、見た目にも可愛いし、丈夫そうだ。

「こういうの、得意なんだ。ほら、これも僕が作ったんだよ」

そう言うと、テウは腕に通したブレスレットを見せてくれた。長く編んだ革ヒモが、ぐるぐると細い手首を飾ってる。革ヒモを編んだところは俺のと同じだけど、綺麗な模様になっていて、シンプルだけど温かみがある。

「兄弟みんなで編んでくれたんだ。だから、すっごく長くなっちゃったの。裁定者様と、仲良くなれますようにって。僕の、お守り」

「それなら、効き目があったね」

「うん!!」

俺の言葉に、テウは自慢げに胸をはって、笑った。

——ネックレスをティーグが捨てたってことは、一応伏せておいた。でもなんとなく、みんな察してはいるみたいだ。天幕横での騒ぎが、耳に入らなかったはずもないし。

「何か欲しいものはないか？」

レアンがそう切り出してきたのも、その頃だった。

「なんでも用意させるが」

「ありがとう、でも、そんなに欲しいものはないんだけど……」

断ったものの、レアンは動かない。真剣な表情で、俺のことを見ている。

なるほど、プレゼント合戦になりそうなのか、もしかして。

「……絵が欲しいな。景色とかの。それを、ホールに飾りたい」

「絵？　……そうか、わかった」

「あ、あんまり大きいのにしないでね。いろいろ見たいからさ」

意外そうだったけど、レアンはひとまず納得してくれた。

その後、レアンがたくさんの絵画を運ばせて、ホールに飾りつけてくれた。あんまり絵には詳しくないけど、油絵みたいなのかな。厳しい雪山と、そこで狩りをする人たちとか、海の絵とか。ちょっとした美術館みたいだ。まぁ、どの人にも、当たり前だけど耳と尻尾があるのが、なんか変な感じだけど。しかも、雪山仕様だからか、今のレアンの服装の上に、暖かそうな毛皮の上着やズボン、ブーツを履いてるものだから、なおさら狼人間っぽく見える。

「これが、俺たちの英雄だ。将軍と呼ばれている」

そのうちの一人を指さして、レアンは誇らしげに胸をはった。

「狼族は、皆一致団結して暮らしているんだ。その中で本当に尊敬される者だけが、将軍と呼ばれるようになる」

「誰かが決めるんじゃなくて？」

「狼族には、王はいない。一族は皆、平等だ。知恵と勇気に優れた者、そしてなによりも、一族のために命を尽くす者だけが称《たた》えられる」

「そうなんだ……」

たしかにどの絵も、みんな集団で描かれている。あれ、ってことは。

「レアンも、みんなに尊敬されてるの？」

ここに選ばれたっていうことは、そういうことかなって思って、聞いてみた。そしたら。

「………」

レアンはとくに否定も肯定もせず、ただ、嬉しげに、珍しく口元を緩めた。

あれ、もしかして、レアンの嬉しそうな顔って初めて見たかも。尻尾も、いつになく大きく揺れている。

狼一族の話をするときのレアンはとても晴れ晴れとしていて。絵を頼んでよかったかもって、ちょっと思った。

それから。

「絵ってのは、いいわね。けど、ただ飾ればいいってもんじゃないでしょ」

アファもそう言って、何枚か絵を運び込んでくれた。その上で、全体のバランスをとるように、飾りつけもしなおしてくれて。正直、レアンよりアファのほうが美的センスって意味では得意っぽい。

「ね、アファ。この人って、蛇族？」

そのうちの一枚を指さして、俺は聞いてみた。珍しく、耳も尻尾もない、なんだか小柄な人が中央に立って、みんなを見下ろしてる。

「ああ、これはね。ミコトと同じ猿族。古の契約の絵よ」

そう言われて、改めて、じっとその絵の人物を見つめた。

俺と同じ、人間。この世界で、たぶん、唯一の。……他には、誰もいない。

「なんだかちょっと、ミコトに似てるわね」

「そう、かな……」

黙り込んでしまった俺を、アファはただじっと、見守ってくれていた。

絵が飾られてから、ホールはずいぶん賑《にぎ》やかになった。クレエに頼んで、世界地図も貼《は》ってもらった。その前で、テウやアファはいろいろな話をしてくれたし、レアンも時にはそこに混ざったりもした。

クレエは相変わらず、日中は研究に明け暮れているみたいだったけど、夕食時には戻ってきた。以前よりはずっと、笑うことも増えて、和気藹々《わきあいあい》とした空気が流れるようになったと思う。

ただ、一人だけ。

……ティーグだけが、その姿を見せない。

たまにホールに顔を出しても、不機嫌そうに一瞥《いちべつ》するだけで、すぐにまた天幕に戻ってしまう。

そんな日々も、五日を数えた頃だった。

「来い」

突然ホールに顔を出したティーグは、そう口にすると、俺の手首を摑んで椅子から立たせた。

「え、……ちょ、ちょっと、ティーグ！」

「うるさい」

例によって、俺の言葉など聞く耳持ちやしない。

「我のところにいればよいだろう！」

「嫌だよ！」

俺が強く怒鳴ると、ティーグは一瞬……ほんの一瞬だけど、悲しげに顔を歪めた。

あれ？

こんな反応、今までしなかったのに。

「ティーグ、あのさ」

俺が口を開きかけたときだった。

「その手を離せ」

ティーグに勝るとも劣らない唸り声をあげて、低く告げたのはレアンだった。

その脇に、小さく震えるテウの姿もある。慌てて、レアンを呼びに行ってくれたみたいだ。

目をつり上げて、ティーグが振り返る。

「来たか、犬野郎」

「……俺のことをどう言おうがかまわん。だが、その野蛮な手で裁定者に触れるのは許さぬ」

「野蛮!?　巫山戯《ふざけ》るな。我は、王となる男だ！」

ティーグも吠《ほ》える。けれども、レアンは冷酷に鼻で笑って、その主張を一蹴した。

「それを決めるのは、貴様ではない。ミコトだ。そして……貴様は、すでに捨てられたも同じ、であろう？」

「…………ッ!!」

あの夜の俺のセリフを、レアンは知っていたのだろう。それを指摘され、ティーグの顔から血の気がひいたみたいだった。俺の手を摑む指が震え、力が緩んだ。

「ティーグ……」

「ミコト、こっちよ！」

その隙をついて、アファが逆の手を引っ張って、俺をティーグから取り戻してくれる。

ティーグが吠えかかろうとしたけれども、レアンが割って入り、それを許さない。

レアンの尻尾も、日頃の三倍ぐらいに膨らんでいた。全身に纏《まと》う闘気で、俺まで震え上がりそうな迫力だ。

「……どけ」

「どかぬ」

二人が睨み合い、低く唸り合う。俺が禁じていなければ、とうに互いに襲いかかっていただろう。

牙が剝かれ、瞳が野生の鋭さを増す。

見ているこっちまで心拍数があがって、息が苦しい。

テウは震え上がって、アファにしがみついていた。

「ヤバいわね、これは」

アファが呟く。——それは、俺にもわかった。

レアンはティーグを挑発している。襲いかかれば、ティーグはいよいよ資格を失う。

それが……嫌だった。どうしてかわからない。俺だってティーグなんか好きじゃない。

だけど、でも。

まだ俺は、ティーグのこと、ちゃんと知らないのに。

「――!!」

咄嗟に俺は、レアンとティーグの間に飛び込んでいた。

二人の間に、動揺が走る。

俺も、心臓が、ばっくばっくいってた。っていうか、なんでこんなことしちゃったんだ?　って、自分でも意味がわからないくらいだ。

身体が勝手に、ただ、動いてた。

「二人とも、その、お、落ち着い、て」

震える舌をなんとか動かして、そう口にする。

「あ、争いは、禁じてる。……でしょう?」

喘ぐように言うと、レアンが深くため息をついて、構えを解いた。そのことに、少しほっとする。……だけど。

「…………」

ティーグはまだ、殺気を漲《みなぎ》らせ、肩をいからせていた。その顔を、俺はおそるおそる見上げる。

「ティーグも、……その、ここで一緒に、過ごす、とか……」

「巫山戯るな!!」

もう一度、怒声が飛ぶ。思わず縮こまる俺に、ティーグはさらに言った。

「そもそも、だ。何故お前が裁定者なんだ!?　本当に、我らの未来を見定める能力など、お前にあるのか?」

「え……あ……」

言われて、しまった。

それは、俺もうすうす感じてはいたことで。

そんな判断が、果たして俺にできるのかって。自信なんて、全然、なかったこと。

それをずばりと指摘されて、俺は言葉に詰まった。

「答えろ、裁定者。お前の力とはなんだ。未来を見通すことができるのか?　正しい裁きを行うだけの知恵者か?　なんの故をもって、我らを裁くというのか!!」

「…………」

そんなこと、言われたって。

俺は知らない。わからない。

ただ、わけもわからずここに連れてこられて、やれって言われたから仕方なく押しつけられて、……俺が自分で望んだことなんて、なに一つないのに!

「……やめなさい、見苦しいわよ」

アファが、俺の肩を抱いた。ひんやり冷たい体温が、掌を通して伝わってくる。いや、アファが冷たいんじゃない。俺が、たぶん、熱くなってるから。また……泣いてしまっているのだと、ようやく自分で気づいた。

「裁定者は、選ばれただけだ。そして俺たちもまた、選ばれるだけだ。思い通りにならないからといって八つ当たりをするのは、見苦しいぞ。虎族の。貴様とて、一族を背負って来ているはずであろう」

レアンの言葉に、ティーグは舌打ちをして、ホールを出ていく。

広いその背中が離れていくのを、俺はただじっと見送っていた。

「ミコト！」

力が抜けて、ずるずると、アファの腕の中に崩れ落ちる。もう、自分では立っていられなかったんだ。

わかってる。

わかってるよ。

俺にはなんの力もない。正しい裁定なんて、できるはずもない。

ティーグが怒るのだって、当たり前なんだ。

……帰りたい。

でも、帰っても、誰も待ってなんかない。

どこにも、俺の居場所なんて。俺が必要とされてるところなんか、ないんだ。

急に、胸にぽっかりと、穴があいたみたいだった。

いや、本当はずっと。最初から、穴はあいてた。ただ、俺が必死に、気づかないようにしていただけ。

寂しかったんだ。ずっと。

本当は、最初から。

どこにいても、俺は、ひとりぼっちでしかなかったんだ。

気づいてしまったその真実に、もう新たな涙も浮かばなくて。俺は、ただ呆然と膝をついていた。

……いつの間にか、日は暮れていた。

アファとレアンが、部屋のベッドに運んでくれたことは、なんとなく覚えている。だけど、二人のどんな言葉も頭の中を素通りするだけで、俺は返事もろくにできなかった。テウが食事に呼びに来てくれたときも、眠ったふりをしてしまった。

食欲なんて、ろくになかったし。なにより、今は、考えることすら億劫《おっくう》で仕方がない。

この世界に来てから、それなりに必死にやってきた。その緊張の糸がプツリと切れて、今の俺は、ただの木偶《でく》の坊同然になってる。それは、自分でもわかってるんだ。でも、もう、どうやって立ち上がればいいのかすらわからない。

「…………疲れた」

呟《つぶや》くと、なおさら疲労感がどっと手足を重くさせる。

――死にたい、とは思わなかった。といっても、前向きなんじゃなくて、今の俺にとっては、死を選ぶことすら面倒に思えただけだ。

なんにも考えたくない。もう。

「ミコト、こんばんは」

……アファだ。

かろうじて視線だけを向けた俺に、アファは、「いいのよ、寝てて」と寂しげに笑った。

そのアファの背後から、クレエも俺を覗《のぞ》き込んでいる。

「ミコト様……」

……そんなに、痛々しそうな顔しなくたっていいのに。

むしろ、俺なんかが裁定者で、二人には迷惑かけてると思う。

重苦しい気持ちのまま、目を閉じていると、不意にアファの腕が俺の首の後ろにまわされた。そのまま、ゆっくりと抱き起こされる。抗《あらが》う気力もなく、そのまま従っている俺の身体《からだ》を、アファは背後から抱えるようにして支えてくれた。

「可哀相《かわいそう》にね。怖い思いばっかりしたんだもの」

アファが、耳元で囁《ささや》いている。歌うみたいな、低いけど甘いその声が、不思議と心地よかった。長い指先が、何度も俺の頭を撫《な》でてくれる。

そういえば、こんなふうに甘やかされるのって、いつぶりなんだろう。

「アナタは悪くないのよ。大丈夫」

優しい言葉と、髪を撫でる動きが、旋律とリズムみたいに溶け合って、ひび割れた心をふんわりと包み込むみたいだった。

「そうです、ミコト様。……私が、貴方《あなた》に出会って、どれだけ救われたか。どうか、ご自分を責めないでください」

俺の隣に膝《ひざ》をついて、クレエの潤んだ瞳《ひとみ》が覗き込んでくる。

そこに浮かぶ俺は、ひどく疲れ切った顔をしていた。

「……ミコト。嫌なら、そう言って？　すぐにやめるわ。アタシたちは、ただ、貴方を甘やかしたくて、慰めたいだけなの」

アフアが、耳元で囁く。その薄い唇が、柔く、俺の耳たぶを噛《か》んだ。

「ここにいて、ほしいだけなのよ」

「……っ」

すべてが麻痺《まひ》したみたいな身体が、それでも甘い快感に微《かす》かに跳ねる。そのことに、自分でも少しびっくりした。

まだ、感覚が残ってたのかって。

「……ミコト様」

クレエは目を伏せて、俺の手をとると、その甲に恭しくキスをする。それから、少しの躊躇《ためら》いの後、思いきったようにその上着を脱ぎ捨てた。

黒い羽が、薄闇《うすやみ》の中に顕《あら》わになる。日頃はコートの下に押し込めている、クレエの翼は、想像よりも大きくて、そして、とても綺麗《きれい》だった。

「クレエ」

アファが、クレエを力づけるようにその名前を呼ぶ。おずおずと、唇を噛んで……そうっと、クレエは、その翼ごと俺を抱きしめた。

腕と、翼の、その両方に抱かれるのは、不思議な感覚だった。なめらかで柔らかな羽根が、くすぐったいけど気持ちがよい。

「…………」

不安そうに、クレエが俺の顔色を窺《うかが》う。そして、目が合うと、少しだけほっとしたように口元を緩めた。

たぶん、俺が心地よさそうにしているのがわかったんだと思う。

「窮屈なものは、脱いでしまいましょうね」

アファが悪戯《いたずら》っぽく囁いて、俺の服を器用に背後からはだける。

あんまり、嫌な感じはしなかった。それも、幼い子供を脱がせるような、あやすような口ぶりと手つきだったからかもしれない。

……なにより、今は、俺はただこの優しさに甘えていたかった。

アファもまた、するりと服を脱ぐ。顕わになった白い胸には、華やかな刺青《いれずみ》が彫られていた。

「……ああ、驚いた？　これはね、アタシたちにとっての護符なのよ。幼いうちに、全身に彫るの。……いつか、全部見せてあげたいわ」

赤い口元に笑みを浮かべて、アファが俺の首筋に唇で触れる。長い舌先が二股《ふたまた》に分かれて、ちろちろと器用に動くのに、ざわざわと背中が震えた。

その一方で、クレエは俺の腕や、足先にまで、口づけをやめなかった。クレエの柔らかな舌先と、艶《つや》やかな黒髪が、肌を滑る。硬直しきっていた身体が、そうやって触れられるたびに、少しずつ温度を取り戻していくみたいで。

「……ん、……、……っ」

こわばっていた喉《のど》がほどけ、声が、微かに漏れた。

その反応が嬉《うれ》しいように、ますます熱心に、アファとクレエは俺の身体へ愛撫《あいぶ》を続ける。

「ミコト。今は、なにも考える必要はないの。ただ、リラックスして、安心してちょうだい」

「そうです、ミコト様……」

「……ぁ、……っ」

アファの細い指先が、胸元をまさぐる。数度撫でられただけで、そこが硬く膨らんでいくのがわかった。ついで、甘くて、どこかじれったい疼《うず》きがわき上がる。

「……失礼、いたしますね」

徐々に勃《た》ち上がりつつあったアレに、クレエがそうっと指先で触れた。

「これが……ミコト様の……」

うっとりと呟くクレエに、アファは「口でしてあげなさい」と導くように言う。

「あ、はい。……ミコト様、その……お察しかもしれませんが、私はこういった色事は初めて、ですので……不調法がありましたら、お許しください」

そう断りをいれるクレエの頬《ほお》は紅潮して、緊張か興奮か、少し上擦っていた。

「ゆっくり、ね。歯をたてないように」

「は、い」

顔を伏せ、そうっと、クレエは舌先を伸ばして俺に触れる。

「ふ、ぁ……」

熱く滑る感触に、思わず声をあげ、俺は喉をそらした。

考えてじゃない。ただ、身体が反応する、そのままに。

「そう。それでいいのよ」

……アファの言葉は、俺にだったのか、クレエにだったのか。

でも、その言葉に後押しされるように、クレエはより大胆に俺を頬張り、まだ柔らかなアレを丁寧に根元から舐《な》め上げる。そして、俺も。

「は、ぁ、……ぁ、んっ」

わき上がる快感に、いつしか甘い声を漏らしていた。

それを褒めるみたいに、アフアの指が、再び背後から俺を愛撫する。刺青に彩られた腕が、それこそ蛇のように這《は》い回って。敏感になった乳首を執拗《しつよう》なほどに指先でこね回し、時に軽くつままれるたびに、全身がぞくぞくと痺《しび》れた。その上、快楽の根元を直接に舐めしゃぶられて、……ほとんど、溶けそうだ。

「時々、吸ってあげて?」

「ん、ふ」

アフアの指示で、クレエが咥《くわ》えた俺自身を喉の奥にまで吸い上げる。溢《あふ》れ出していた先走りと唾液《だえき》が混じり合い、じゅるりといやらしい音をたてた。

「ひゃ、ぁ、っ!」

脳天にまで突き上がるみたいな、快楽。

「……美味《おい》しいでしょう?」

「……は、い。もっと、もっとください、ミコト様」

「ぁ、あ、ん、……っ！」

陶然と潤んだ瞳で俺を見上げ、言葉の通り、さらに激しく、クレエは俺を求めた。柔らかな口腔《こうこう》で締め上げて、舌でくすぐられ、時折激しく吸い上げられて……瞼《まぶた》の裏が、何度も真っ白になった。

「も、……い……っちゃ……っ」

「どうぞ、いいのよ」

涙声で訴えると、アフアがそう答え、クレエは言葉のかわりにさらに深くまで俺を飲み込む。アフアもまた、俺の弱い場所を舌先で舐め、指先でも俺を追い詰めていく。

「ぁ、あ、――っ!!」

声をあげて。

俺は、堪《こら》えきれずに射精する。

ぎりぎりまでたわめられたバネが一気に伸びるみたいな、鬱屈《うっくつ》がはね飛ばされるような、そんな解放感だった。

「……ん、ぐ……、……っ」

クレエが、懸命に俺のものを飲み下し、そして……どこか誇らしげに、微笑《ほほえ》んだ。

「……ミコト。いい？」

「…………」

ぐったりとした俺を相変わらず背中から抱きしめたまま、アファが尋ねる。同時に、するりと、彼の指先が俺の奥へと触れた。

「あ……」

すでにそこは、俺とクレエの体液で、ぐっしょりと濡《ぬ》れてた。

「あ、アファア。ミコト様に、そこまで、は……」

できない、とクレエは首を横に振る。

でも。

「……ん、……っ」

俺は、アファアの片腕に抱きしめられたまま足を開き、その指先を受け入れていた。

……本能にだけ正直になった身体は、ソコでもたしかに、悦楽を欲しがってた。

「そう。いいのよ。おかしなことじゃないわ……」

アファアが俺に囁いて、首筋に微かに歯をたてた。

「あ、っ！」

一瞬の、痛み。でもそれもすぐに、消える。

「これで、痛みはないわ。……大丈夫よ。ただ、気持ちがいいだけ……」

「………」

アファの声が、とろりとした飴《あめ》のように俺の耳に入り込む。

……ああ、そういえば、言ってたっけ。蛇族の牙《きば》には、ほんの微量の麻酔毒があるんだって。

「ふ……ぁ……」

しどけなく開いた足の間で、クレエの指が動く。

濡れたソコは……もう、たしかに、雄を欲しがって疼いていた。

一度は達して萎《な》えたモノも、再び、その熱を取り戻してる。

「ね……大丈夫……」

「ん、……」

アファの言葉に、俺はこくんと頷《うなず》いた。

そんな俺たちを食い入るように見つめ、クレエがごくんと、喉を鳴らす。

「あ、ん、……っ」

揃《そろ》えた指先が、感じる場所を掠《かす》める。でも、すぐに離れて。じれったい。

「……あふ、ぁ……」

「…………ミコト。いい？」

視線で、アフアがクレエを示す。……ああ、そっか。

ぼやけた視界に映るクレエを、俺は見つめた。

アフアが指をひき、俺の両足の膝裏に手をかけると、大きく広げてみせる。

「み、ミコト、様」

「……クレエ」

俺の声に導かれるようにして、クレエは震えながら膝をすすめた。

「ミコト様、……どうか、私のすべてを、捧《うず》げさせて、ください……」

ゆっくりと、クレエが俺に、彼自身を埋めていく。

「ん、く……っ」

「そう。……焦ってはだめよ」

「は、…は、い、…ぁ、……っ」

歯を食いしばって。

クレエの熱、が。

俺と、……溶ける。

「クレエ……」

なんだか、不思議な感じだった。

お互いに、感じているのが、わかる。快感が共鳴して、さらに増幅して、響き合ってる、……そんな、感じで。

「あ、……は、……っ」

「ミコト……様……ぁ……」

黒い翼を時折羽ばたかせ、甘い声を重ねて。

夢とも現《うつつ》ともはっきりしない、そんな感覚に、ただ、酔うみたいに。

「……も、う……、……っ」

——やがて、クレエがその身を震わせ、俺から腰をひいた。

「ぁ、————ッ！」

白い、熱が。俺の太ももや下腹部に迸《ほとばし》り、ぬるりと、伝い落ちていく。その上にゆっくりと、クレエの黒い羽根が、雪のように降ってくる。

それを見つめながら、俺も、クレエも、肩で息をしていた。

「まだ若いわね。可愛《かわい》い」

アフアがクレエに笑いかける。だが、決して馬鹿にした感じはなかった。

「……ミコト様。アタシとも、一つに、なって？」

「……アフア……」

彼が興奮していることは、感じ取っていた。背中に当たる硬い感触が、してたから。

でも、……。

「ただ、アタシってば、少し変わってるから。……辛《つら》かったら、ごめんなさいね？」

その言葉とともに、顕わにした下肢に、たしかに、俺は一瞬絶句した。

……二本、ある。

足じゃない。そんなもの、当たり前だ。そうじゃなくて、その……アレ、が。

「アフア……？」

驚く俺に、キスを一つして。

俺を膝立ちにさせると、下から、ゆっくりと……アフアのモノが、二本一緒に俺の中へと押し入ってきた。

「ひ、ぁ、あ………っ!!」

クレエよりずっと質量のあるものに、全身が総毛立つ。

でも。

「…ん、……クレエ。もう一度、ミコトにしてあげて？」

声を掠れさせて、アフアが言う。頷いたクレエが、俺の前に、再びかがみ込んだ。

「え？　あ、……っ!!」

ぬるん、て。

クレエの舌が、俺に、絡みつく。

「や…ん、…ぁ、あ、……っ」

アファの太いモノに、ゆっくりとナカをこすられ、同時に前からもクレエにしゃぶられて、もう、とっくに神経回路は焼き切れた。

前からも後ろからも、濡れた水音が動くたびに響いて、そこに俺のすすり泣きが混じる。

「……知ってる？　ミコト。蛇はね、一度交尾をするときは、こうしてぴったりと身体を寄せて、二日も三日も、じっとしているのよ……。どちらがどちらか、わからなくなるまで」

それほどに、ずっと。この快感は続くのだと暗に示され、恐怖とも悦楽ともつかない震えが走る。

「は、……ぁ、んっ」

なんにも、考えられない。

もう、感じる他には、なにも。

でも、何故《なぜ》か。

……『もっと、お前を欲しくなった。早く、我を選べ』

「あ……っ」

ティーグの、声。瞳。手。匂《にお》い。……セックス。

なにもかもが激しくて、力強くて。痛いくらい、怖くて。

どうしてだろう。

真っ白になった頭の中で。

俺はただ、——彼のことばかり、考えていたんだ。

……すっげー恥ずかしい。

なんてことしちゃったんだろう、とは思うけど……。

アファアとクレエの思いは、単純に嬉しかった。

『ここにいて欲しい』って。そう、身体全部で伝えてもらった気がした。

まぁ、その、さ。状況はいっこも変わってやしないんだけど。少なくとも、もう一度俺は起き上がって、立ち上がることができた。

お風呂《ふろ》に入って、新しい服に着替えて。朝ご飯が食べたくてホールに下りていくと、テウがめいっぱい、パンやパイを作って俺を待っていてくれた。

耳をしゅんと下げて、「ミコト、大丈夫？」って言ってくれたテウは、俺が頷くと、その様子に嬉しげに跳ねる。……テウも、心配してくれてたんだなって、嬉しかった。

ただ、アファアとクレエが俺の後からついてきたのを見て、自分が仲間はずれにされたと、しばらく拗《す》ねてたけど。

「僕だって、ミコトを励ましたかった!!」

「す、すみません。その……私が、アファア殿にお願いしたので……」

「いーのよ。アンタ可愛い顔して性欲底なしじゃない。ミコトが余計くたびれちゃうわ」

「そーだけど！」

ぷん、と可愛らしくテウは頬を膨らませたけど。え。今なんか、とんでもないことを聞いたような……。

「アファ。その……テウって、そうなの？」

っていうか、なんで知ってるの？

小声で尋ねたらば、アファは肩を竦《すく》めて。

「兎《うさぎ》族がそっちに強いのは有名よ。だから子だくさんなんでしょ？」

「あ……なるほど……」

納得はしたけど、意外すぎる。そう思いながら、俺は朝食のテーブルについた。

じきにレアンも、ホールに顔を出す。

俺に対しては、直接にはなにも言わなかった。ただ、俺の顔色を見て、一つ頷いただけだった。それもまた、レアンらしい感じだ。

「朝から運動？　よくやるわね」

「じっとしているばかりでは身体がなまるからな。それに、昼近くなるほどこのあたりは気温が上がる。今のうちが一番気分がいいぞ。お前もどうだ？」

「アタシは遠慮しとくわ。あんまり紫外線にはあたりたくないの」

「そうか」

真顔でレアンは頷いて、うっすらと額にかいた汗を拭《ぬぐ》い、水差しからコップに水を注ぐと美味《うま》そうに口にする。

「では、私は……」

クレエが席を外そうとするのを見て、「あ、あの」と俺は声をかけた。

さっき思いついたばかりのことだったけど、できたら確認したい。

「なに、か?」

「ええと……過去の裁定者って、どうやって判断してたの? っていうか、どんな人だったのかな」

俺の問いかけに、みんなの視線が一斉に集まる。どれも、不可思議なものを見る目で。

俺、そんなにおかしなことを言った?

「裁定の基準は、明らかにされないものだ。それが決まりなのでな。皆もそうだろう?」

レアンの言葉に、クレエも頷く。

「裁定者についても、その後のことは言い伝え程度にしか知らないわ。巫女《みこ》として過ごしたとか、まぁ……喰《く》われたっていう話もあるけど」

「え……っ！」

「まぁ、ただの伝説よ」

顔をひきつらせた俺に、アファが微笑む。テウがすかさず俺に抱きついて、「大丈夫だよ！　……たぶん」と慰めてくれた。

「あの……もしかしたら、神官様、なら、なにか……ご存じかも、しれません」

おずおずとクレエがそう口にする。

「ああ、それもそうね」

「……ふむ」

アファとレアンも、その意見には賛成のようだ。

「そっか」

そういえば、バオさんとは最初のとき以来、あんまり話してないな……。

朝ご飯が終わったら、話を聞きにいってみることにした。

いろいろ、教えてもらえたらありがたいしね。

バオさんの姿は、案外見つからなかった。

聞いたら、クレエのところに顔を出したり、天幕の間を見回ったりはしてたみたいなんだけど。

そういや、そもそもどこに寝泊まりしてるんだろ？　案外謎《なぞ》だ。

そんなことを考えつつあちこち探して、最後に残った場所は、……ティーグの天幕だった。

正直、まだあんまり、ティーグには会いたくない。

ゆうべ妙なことを思い出したりしちゃったし。

でも、ちょっと様子を覗くだけはしないと。虎《とら》って、昼間は寝てるほうが多いっていうから、ティーグももしかしたら昼寝してるかもしれないしな。

そう、微かに期待しつつ、天幕に近づいたときだった。

「貴方は、裁定がなんたるものか、なに一つわかっていない!!」

び、びっくりした。

バオさんの怒鳴り声に思わず後ずさったけど、俺に言われてるみたいじゃないようだ。

その言葉の先は……。

「たかが神官の分際で、我に意見するというのか!?」

これまた声を荒らげて、ティーグが言い返す。すると、バオさんは、深くため息をついたようだった。

「……これまで長きにわたって、虎族は裁定者に選ばれてきた。その栄光と繁栄も、ここまでということか……」

「なに？」

「貴方がここに来たのは、虎族にとって不幸であった」

絞り出すような呟きは、重々しくて、同時に、ものすごく痛々しかった。

こんなふうに人が話すのを、たぶん俺は、初めて聞いた。

「…………」

ティーグも黙り込む。その間に、あの独特な杖《つえ》の音をさせて、バオさんはティーグの天幕から出ていった。

とてもじゃないけど、声なんてかけられなくて。俺は物陰に隠れてバオさんをやり過ごした。

タイミング、最悪だったなぁ。……どうしよう。

そう、頭をかいて立ち上がったときだった。

「……立ち聞きか」

「わ!!」

これまた、最悪なことに。

不機嫌丸出しのティーグの声に、俺は思わず竦み上がる。テウみたいに、その場で軽く跳ねたくらいだ。

「……ご、ごめん。そういうつもりじゃ、なかったんだけど……」

おそるおそる顔をあげると、でも。

「………」

いつもと違う、ティーグがいた。

彫りの深い眉根《まゆね》を寄せてはいたけど、怒るでも、余裕を浮かべるでもなくて、……なんだか、近所の子供みたいだと思った。

自分が悪いとわかってて、強く叱《しか》られたときの、拗ねた表情。

今の彼は、本当にそんな感じで。思わずぽかんと、俺はしばらくティーグを見上げてしまった。

「その……ティーグ」

「……なんだ。その、……話があるなら、来い」

「う、うん」

言い捨てて、ティーグが踵《きびす》を返す。その背中を、俺は思わず追いかけていた。

ティーグの天幕に入るのは危ないかなって、一瞬考えたけど。でも、たぶん、今のティーグはあんなことはしないだろうから。

それに、なにより。

彼の背中が遠くなるのが、なんだか、俺は嫌だったんだ。


こないだと同じように、天幕の一室の、ふかふかのクッションに座って、俺たちは向かい合っていた。

お香の甘い匂い。それに出されたお茶も、甘い匂いがする。味は……わりと普通に、お茶だけど。

「…………」

「…………」

……き、気まずい。

二人で向かい合って座っていても、ティーグはなにも口をきかない。

俺は元々、なにを話せばいいのかわからないタイプだし。

結果として……俺たちはけっこうな間、ただ黙って、向かい合ったまま座っていた。

「…………」

時々、ティーグの尻尾《しっぽ》がモノ言いたげにパタンと大きく揺れる。なんとなく、それをつい目で追っていた。

毛並みがよさそうで、なんかぴかぴかしてて。あれ触ったら、気持ちいいんだろうなぁ……。

昔、動物園で本物の虎を見たことはある。俺にはライオンより、ずっと綺麗な毛皮に見えた。波を打つような黒い虎柄って、派手なおばちゃんのユニフォームみたいなイメージがあったけど、本物はもっと上品だ。

ティーグも……なんていうか、品はいいんだよな。偉そうだし粗暴だけど。こうして黙って座ってると、やっぱり、こう、王子様って雰囲気がする。つい、それに気圧《けお》されて、ますますこっちからは声がかけづらいんだけども……。

「おい」

「！」

そんなことを考えてたら、また唐突に声をかけられ、俺はびっくりして顔をあげる。

相変わらず、拗ねたみたいな表情のまんまのティーグは、居心地が悪そうに視線をそらした。

「……なにか、話せ」

「え？　え、えっと……」

それは俺の最も不得意なことなんだけど……。

「話がしたいと、言ってたろう。話せばいい」

「え、えっと、できたら、ティーグの話が聞きたいんだ、けど……」

「なにも知らない奴だけどな」

え。根に持ってたのか、あの言葉。

頬杖をついて、完全にもう、ティーグはふて腐れちゃってる。

「それは、その……言い過ぎた、かも。その……できたら、ティーグがどういうところで育ったのか、とか、教えてほしいなって……」

俺がそう頼むと、ティーグはのそりと身体を動かし、少し意外そうに瞬きをした。それから、またふいと視線をそらして、ゆっくりと口を開く。

「――我は、虎族の王宮の生まれだ。そこで生まれて、育った。次の、王になるために」

「兄弟とか、は？」

「いない。我だけだ」

うーん、それはたしかに、『俺様』になっちゃうかもなぁ……。

「父は強く、厳しい。母は、美しい人だ。……もっとも、ほとんど会ったことはないが」

「そう、なの？」

「王族は、母親には育てられない。幼い頃は乳母もいたが、それもすぐに会わなくなった。あとはひたすら、闘う訓練と、政《まつりごと》について、父や師から学んで育った」

「………」

なんとなく、だけど。ティーグがどうしてこうなったのか、わかった気もする。

家族らしい家族もいなくて、同世代の友達もいなくてってことは、たぶん、ティーグは、俺以上にコミュニケーション能力が欠如してるんだろうなぁ。

「寂しくは、なかったの？」

「寂しさなど、王たるものには必要ない」

そう言い切るけど、なんとなく、今のティーグはかつてほど歯切れよくない。ちょっと……自分に言い聞かせてるみたい。

「それが、我だ」

「……うん。ありがとう、話してくれて」

自然と、俺の口元は綻《ほころ》んでいた。

こんなふうに、ティーグと話せたのが嬉しかったから。

でも、途端にティーグはまた顔をしかめてしまう。

「ティーグ？」

どうかしたの、かな。

「お前は、我を許すのか?」

……まぁ、たしかに、ひどいことばっかされたし。本気で腹も立った。それに、傷ついた。

むしろ、俺がこんなに腹を立てたのなんて、初めてってくらいだ。

だけど。

「もう、いいよ」

俺は、そう答えていた。

ティーグが実際のところ、もしかしたら俺以上に、コミュニケーション下手なんだってわかったから。

だから、俺は素直に微笑む。

「ティーグにも事情があるんだろうなって思ったし。あ、でも、もう少しみんなともこんなふうに話してほしい……な」

じっと返答を待っていると、ティーグはそのうちに、絞り出すみたいに苦しげに言う。

「……お前は不思議だ。牙も毒もないのに、我を苦しめる」

「え?」

「お前が、他の奴に触られていると思うと、息が苦しくなって、腹の底が絞られるようで、許せなくなる」

「…………」

「そのように、他愛《たわい》なく乱される己が不甲斐《ふがい》ない。我を苦しめるお前が、憎らしくさえなる」

もしかして。

それで、ティーグは夕食の席に出ないの？

「別に、そんな……」

ことも、ない、なぁ。テウはなにかっていうと抱きついてくるし、レアンにはだまし討ちで、その上ゆうべはアフアともクレエとも……その、……してる、し。

「……ねえ？」

曖昧《あいまい》に誤魔化《ごまか》した俺を一瞥《いちべつ》して、ティーグは低く唸《うな》った。う、やっぱ怖い。

「あの、さ。俺、別にセックスで決めるつもり、ないから。この先、誰《だれ》とも……君ともだけど、そういうことはしない。だから、仲良くしてよ」

まだ、俺を見つめるティーグの眼差《まなざ》しは、剣呑《けんのん》としてる。

だから、だめ押しのつもりで、「誓う、よ」とさらに俺は付け加えた。

ティーグが、のそりと起き上がる。じっと俺を見つめたまま、正面に膝をつくと、さらに顔を近づけてくる。

ティーグの、野性的で彫りの深い顔が、ぐぐっとアップになった。

でも、目をそらしたら信じてもらえない気がして、俺は逃げ出したい衝動をぐっと堪えて、ティーグと視線を合わせ続ける。

「……しないんだな？　本当に」

「う、ん」

頷くと、俺から嘘《うそ》の匂いを嗅《か》ぎとろうとするかのように、ティーグは鼻を微かに蠢《うごめ》かせる。ぴくぴくと、丸い耳も動いてて。なんか、本当に、動物に品定めされてるみたいだ。

「しない。絶対」

ティーグの、甘い匂いが強くなる。よく見ると、黒のメッシュが入った金色の短い髪が、視界でキラキラしていた。触ったら、毛皮と同じで柔らかそうな髪。

「………」

そのうちに、ティーグはようやく得心がいったらしい。ふーっと大きく息をついて、俺の肩に、軽く額を載せた。

「ティー、グ？」

「……約束だからな。我も、我慢する。この革ヒモがお前の首に下がってるのも、本当は癪《しゃく》だけどな。約束ならば、我慢してやろう」

ぼそりと呟いて、念を押してくる。

どうやら、本当にそれが嫌だったらしい。

そのまま、じっとしていると、ほんの微かに、低い音がした。唸り声とは違う、なんだろう、これ？　ぐるぐるって。

……もしかして、ティーグ、喉鳴らしてる？

「うん……約束、だね」

「……それと。ひどいことを言って、すまなかった」

「え？」

驚いた。……少しだけ、ティーグが喉を鳴らす音が大きくなった気がした。

それと同時に。

この、おっかなくて、不器用な虎の王子様のことが、なんだか可愛く思えたんだ。

この日の夜から、ティーグは夕食の席に出てくるようになった。

レアンが用意した席は、俺の正面。……一番遠いけど、顔はよく見える場所だ。

ティーグは、それについてはとくになにも言わなかった。言わなかったんだ、けど。

「…………」

「は、うぅ……」

どうしよう、これも。

さっきから、ティーグの横に座ることになったクレエは真っ青だし、テウはぼろぼろとパンやサラダをこぼしっぱなしだ。

レアンはティーグを無視して、いつもの無表情のまま肉を平らげてる。アファは……。

「やれやれ、ねぇ」

俺と目を合わせて、肩を竦めた。

ティーグは、静かに食事をしていた。食べるところって初めて見たけど、案外、綺麗に食べるんだな。もっとかぶりついて、こう、大胆に食べるのかと思ってたけど。王子様育ちっていうのは、嘘じゃないんだなぁ。

……でもこのまんまじゃ、テウとクレエ、ろくに食べられないや。

「あのさ、テウ、クレエ。今日は俺の隣、来る？」

途端にしおれていたテウの耳がぴんっと立つ。クレエも顔をあげたけど、でも、遠慮しているようですぐ「いえ」と首を振ってしまった。

「僕、そうするっ」

ぴょんっと飛び跳ねて、テウは俺の隣に転がるようにしてくっついた。さりげなく、俺とアファの間に割り込む格好で。すると、ぎらりとティーグの目が光った。

「ひっ！」

可哀相なくらいにテウがまた飛び上がる。

「ティーグ」

やめてあげて、と目で頼むけど、ティーグは低く唸って「我はなにもしていない」と言い放つ。まぁ、正論は正論だけども……。

「今までの行いが悪いのよ」

ため息まじりに、アファが鋭い指摘をする。

「…………」

ティーグもまた、ため息をついて、フォークを置いた。あ、まずい。これじゃ、ティーグが帰っちゃう。

「あの!!」

慌てて声をあげたものの、えーと、えーと、どう続けよう。

一斉に集まった視線にたじろぎながらも、なんとか、俺はしどろもどろに訴えた。

「その……俺にとっては、みんな、平等だから。そ、それは、ティーグに対しても、同じだよ？　みんなも、ティーグのこと、……怖がったり、しないで」

「……ミコト」

「ティーグも、約束できる……よね？」

「……我はかまわん。が、他の約束も、言うべきだろう？」

「あ、う、うん」

そうだ、そのことも言わなくっちゃ。でも、どう言えばいいのかな。

「なにかあったのか？」

レアンが不審げに尋ねてくる。テウも、じっと俺を見てて。う、焦る。

「えっと、その……」

「簡単なことだ。ミコトが夜を過ごす相手は、ミコトが選ぶ。今後、ミコトから要請がなければ誰も寝所には立ち入れないことになった」

「そ、そう。そういうこと」

たじろぐ俺を見かねたのか、ティーグがずばっとかわりに説明してくれた。た、助かった。

だけど。

「……なぜそれを貴様が言う？」

不快感もあからさまに、レアンがティーグを睨《にら》みつける。ティーグは涼しい顔をしているけども、それがなおさら、レアンの気に障るみたいだった。

「や、それは、俺からのお願いだから！　その……会いたくなったら、俺が呼ぶから」

「ここでは、いいの？」

テウが小首を傾《かし》げて尋ねるのに、「もちろん」と俺は頷いた。

「部屋だけ、ってことかしら」

「うん」

「まぁどちらにせよ、夜這いのチャンスはもうないってことね。残念だわ」

茶目っ気たっぷりにアフアがウインクする。俺が照れて顔を伏せたのと、ティーグがひときわ大きな唸り声をあげたのは、ほとんど同時だった。

「…………」

「クレエ、しっかりっ」

緊張が限界点を超えたのか、ふらりとクレエの身体が揺らぐ。

でも……その身体を支えたのは、他ならぬティーグだった。

「おい。しっかりしろ。お前も烏族《からす》を背負っているのだろう。……今は、我もお前も、ミコトの前に対等だ」

「…………は、はい」

クレエが、青い顔のまま、なんとか頷く。それを見ると、ティーグはクレエを支える腕を解いた。

「あら、まぁ」

アファが驚きに口元に手をやっている。テウも、もとから大きな瞳をこぼれ落ちそうにまん丸にさせていた。

その一方で、俺は、そんなティーグの言葉が嬉しくて、自然と微笑む。

まぁ、すぐにうまくはいかないだろうけど、ちょっとだけでも、変われる気がした。よかった。

次の日から、ティーグはホールに顔を出すようになった。

「……アンタ、案外強いのね」

「こういうのは、我は得意だ」

「すごーい。次で十連勝だ！」

チェスみたいなゲームで、アファとティーグが遊んでいる横を、テウが面白げに見ていたりもする。

「それは、なんだ？」

ちょい、とコマに手を出すテウの、腕に巻かれたブレスを顎《あご》で示して、ティーグが尋ねた。

「あ、これ？　えっとね、みんながお守りに編んでくれたの」

「そうか。……ふうん。凝った細工だな」

「うん。そうなんだ」

予想外に褒められたのか、テウがはにかんで笑うのが、可愛い。

クレエはまだ話したりはしないけども（元々が無口だし）、会釈をしたり、少なくとも横にいるだけでひっくり返ったりはしなくなった。

……ただ、レアンだけは。

「油断は、しないことだ」

「え？」

遊ぶ三人を見守っていた俺に、ぼそりとレアンが囁いた。

レアンの視線の先には、ティーグがいる。

「しょせん、奴は虎だ」

「レアン……」

そう言うと、レアンは踵を返してしまった。

ティーグに対して、レアンはどうしても、頑《かたく》なな態度を変えない。とはいえ、面と向かって突っかかることは、さすがにないんだけど。

なにか良い案でもあれば、なぁ。

そう、思案している矢先に。事件は、起こった。

「テウのブレスレットがなくなったそうだ。誰か知らないか？」

昼下がりに、アフアとお茶をしているときだった。

テウを後ろに従えてホールにやってきたレアンが、そう言うと一同を見渡す。

「なくしちゃったの？　おドジねぇ」

「テウ。ブレスレットって、もしかして、あの……お守りがわりの？」

俺が尋ねると、小さくテウは頷いた。可哀相に、両耳をぺたんとしょげ返らせてる。

「皆を集めてもいいか？」

「いいよ。みんなで探したほうがいいもんね。じゃあ、俺はティーグを呼んでくるから、アフアはクレエを呼んでくれる？」

「わかったわ」

天幕に行くと、ティーグは昼寝中だった。クッションに半ば埋もれるみたいにして、気持ちよさそうに寝てる。

起こすのはちょっと気の毒だったけど、まぁ仕方がない。

――しばらくして、不機嫌丸出しの寝起き顔ながら、ティーグは俺についてきた。

「あ、揃ったわね」

クレエはとうに来ていたらしい。ようやく一同が集まったところで、おもむろにレアンは言った。

「なくなったのは、テウのブレスレットだ。そこで、皆に協力してほしい」

「探せば……いいのでしょうか」

「ああ、それと。俺が、各自の天幕に立ち入ることの許可だ」

レアンの一言に、さすがに一瞬、空気がぴりっと厳しくなった。

だって、それじゃ……まるで誰かが、盗んだみたいじゃないか。

「テウ。アンタ、アタシたちの天幕のあたりをうろうろしたの？」

「う、うん。お散歩、してたから……」

「そうなの。それじゃあ、仕方がないわね。いいわよ、存分に探して」

アファが了承する。クレエも、「どうぞ……あ、でも、散らかってますが。あと、薬品とか、気をつけてください……」とおずおずと言う。

それから、レアンは、ティーグをまっすぐに見た。

「貴様は？」

「……かまわん。好きにしろ」

欠伸《あくび》まじりにティーグが答える。

「あ、俺のところも、いいよ。……でも、それなら、やっぱりみんなで探そう？　誰が誰のところに立ち入ってもいいって、ことで」

「我は昼寝したい」

「……いいよもう、ティーグは寝てても」

本当に、このマイペースの王子様はしょうがない。

そんなわけで、みんなで手分けしてテウのブレスレットを探すことにした。気落ちしたテウと、無理やり床に寝そべって昼寝し続けるティーグだけは、ホールに残ってたけど。

庭のほうかなぁ。案外ここ、広いし。砂漠にまではさすがにテウも行かないだろう。怖がりのテウが、そんなことするとは思えない。

そんなことを考えながら、がさごそと庭の隅とか、木の上とかを見て回った。

なんだっけ、視線を下げたほうが、落ちてるものはよく見えるとか言うよね……。けど、まだ直射日光が当たるうちは暑いなぁ。木陰とか建物の中はマシだけど、砂漠地帯の日差しって、本当に半端ない。

……って、あれ？

なんか、あそこ……他と違う色になってる。

下草の緑一色になってる中、微かに茶褐色が見えた。たぶん、これだけかがんで注意して見なければ、わからないくらいだけど。近づいてみたら、その場所だけ、石畳になってる。一メートル四方、くらいかな。

「なんか置く場所とかだったのかな」

そう思いながら、何気なく表面を撫でたら、案外簡単に、ごとってそれがずれて沈んだ。こう、石そのものが、斜めになってるみたいな。

「え!?」

な、なにこれなにこれ。なんかの仕掛け!? 俺、まずいもの押した?

どどどうしよ、どうやったらなおんのこれ!?

とりあえず逆側を押してみたら、案外あっさり元には戻ったけど。……大丈夫、かなぁ。

「ミコト様。見つかったそうです」

「わっ!! ……え、あ、そうなんだ」

おろおろしてたら、クレエが言伝《ことづて》に来てくれた。なんだ、意外と早く見つかったんだな。

でも、クレエの表情は、ちっとも『よかった』って感じじゃなかった。むしろ。

「……ええ、よかった、のですが……」

その先は言いにくそうに、クレエが俯《うつむ》く。

「クレエ？」

なにがあったの？

そう、俺は訝《いぶか》って。……そのまま、妙な石のことは、俺はすっかり忘れてしまったんだ。


クレエが言いにくそうにしていた理由は、ホールに戻るなり、すぐにわかった。

「それで、言いたいのはそれだけか」

「どう言われても、我には身に覚えがない」

レアンとティーグが、いつものように（というのもアレだけど）言い争っている。

……テウのブレスレットは見つかった。ただしそれは、ティーグの天幕の、衣装箱の中にあった。

「アタシも、その場にいたのよね」

アファも呆《あき》れたように両手を広げた。どうやっても、庇《かば》い立てはできない、というように。

「気に入ったからといって、なんでも自分のものだと思うな。いかにも貴様のやりそうなことだが。弱い立場相手にならば、なにをしてもかまわんというところか」

「…………」

ティーグが低く唸る。その尻尾も、怒りに膨れ上がっていた。だが、レアンは見つけ出したブレスレットを手に、冷笑する。

「動かぬ証拠が、これだ。ミコトも、よく見ておくといい」

「……我は、なにも知らん!!」

それだけを怒鳴ると、ティーグは肩をいからせて、大股《おおまた》にホールを出ていった。

クレエが、今まで止めていた息を一気に吐き出すみたいに、深く息をつく。アファは腕組みをして何事か考えている様子で、……テウは、まだホールの隅の長椅子《ながいす》に座ったまま、耳を垂らして塞《ふさ》ぎ込んでいた。

「テウ……」

声をかけようと足を踏み出すと、レアンに軽く肩を叩《たた》かれる。

「ミコト。少し、話がある。俺のテントに来てくれ」

「？　うん」

「それと、テウ。これは返しておくぞ」

レアンの手から、革ヒモがテウの膝の上に落とされた。それを、テウはじっと見ている。

……なんか、ヘンなの。いつものテウなら、きっともっと喜ぶだろうに。

「ミコト」

でもそれを尋ねる暇もなく、俺はレアンに呼ばれ、彼の天幕に向かった。

レアンの天幕は、かなり簡素だった。たしか二番目に偉いはずだけど、贅沢《ぜいたく》とかは好きじゃないのかもしれない。すべての荷物がコンパクトにまとめられていて、引っ越しするとなっても十分もあればできるんじゃないだろうか、ってカンジだ。

「騒ぎを聞かせて、すまなかった」

「ううん。それは、いいけど……」

レアンがすすめてくれた木の椅子に座って、話の続きを待つ。

「やはり、ティーグは危険な男だ。それは、わかってもらえたと思うが」

「…………」

たしかに、今までのティーグの言動からいって、テウの持ち物を平気で奪ったり、捨てたりってのは、しかねない……なぁ。俺のネックレスも、なんでか嫌がってたし。

でも……なんだろう。なんか、しっくりこない。

「そこでだ。俺の提案なのだが、ティーグのことは、今後天幕からの外出を禁じるというのはどうだろう」

「え？」

「夕食の同席は許すが、それ以外の行動は監視をつける。それくらいせねば、あの虎はおとなしくはすまい」

「で、でも」

それじゃまるで、犯罪人扱いじゃないか。いや、まぁ、そりゃ泥棒はよくないし、立派に犯罪だけど。でも。

「クレエやテウを守るためだ」

「………」

たしかに、そう言われると、ぐうの音もでない。

けど、なんでだろう。なにか、違う気がする。

「いいな。では、皆に伝えてこよう」

「や、ちょ、ちょっと待って。……違うよ、レアンの言いたいことは、わかるんだけど。

わかる、けど……」

俺の物言いに、レアンが苛立《いらだ》っているのはわかる。

だけど、どう言えばいいんだろう？　とにかく、それじゃダメなんだって。

「……えっと、その……」

「どうしてだ？　現に問題は起きている！」

そのときだった。

「起こしたのは、レアンのほうだよ!!」

高い声が響き、飛び込んできたテウの姿に、俺は目を丸くした。ぎゅっと握りしめた両手も、つかつかと歩いてきたテウは、じっとレアンを見つめる。

その耳も、ぷるぷる震えてたけど。

「違うの。ティーグじゃないの、ミコト」

「テウ？」

「レアンは、焦ったんだよ。自分がリーダーになれそうだったのに、ティーグがでてきて、焦ったの。それで、僕に協力させて、泥棒騒ぎを起こしたんだ！」

テウの告発で、顔色を失ったのは、レアンのほうだった。

「この……兎のくせに！」

吠《ほ》えかかるようにそう怒鳴りつけたレアンに、「いいよ、怖くないもん!!」とテウは大きな声で返す。

ますます全身は小刻みに震えていた。でも、テウは、一歩も引かなかった。

「ティーグが困るのは、別にいいけど。でも僕、ミコトを騙《だま》すのは嫌だ!! ……このブレスレットは、みんなが、僕とミコトが仲良くなれるように編んでくれたんだから。それを、ミコトを騙すためになんて、使えない!!」

涙声で、耳を伏せて、……でも、必死で、テウはレアンに抗っていた。怖がりのテウだ。こんなこと、ホントに、ホントに、勇気を振り絞らなくちゃできなかっただろう。

そう思うと、なんか、俺の胸にもこみあげてくるものがあって。

「……テウ、ありがとう」

俺は立ち上がると、テウを抱きしめた。途端に、緊張の糸が切れたのだろう。テウが、ぽろぽろと泣きだす。でも、必死に鳴き声は噛み殺していた。

「…………」

反面、レアンは言葉もなかった。ただ、屈辱も顕わに、息を荒らげている。

なんだかそれが、寂しかった。

「……レアン。こんなことをしなくても、俺は君を信頼してたよ」

あえて、過去形で俺は言った。

レアンは賢いから、わかるだろう。

――もう、俺の信頼を失ったってことが。

「行こう、テウ」

まだ涙が止まらないテウを連れて、俺はレアンの天幕を出た。

「大丈夫だよ。それとも、少し俺の部屋に来る？」

テウは首を横に振って、でも、相当疲れたのだろう。自分の天幕へと、まっすぐに戻っていった。

さて、と。他のみんなに、事情を説明しなくっちゃ。

アフアとクレエには、「ティーグのせいじゃなかった」とだけ伝えた。でも、二人とも、事情はすぐに察したらしい。

クレエは悲しげに頷いて、アフアは少しばかり、悔しそうに顔をしかめた。

「まぁそんなことだろうとは思ったけど」

片棒を担がされたのが、不満なのかな？　もしかして。

「……狼《おおかみ》族は、必死だからねぇ。一族の仲間意識も一番強いし。今回の裁定で選ばれなかったら、もしかしたらレアン、戻っても無事じゃすまないかもしれないらしいし……」

アファは肩を竦める。クレエも、控えめに同意を示した。

「そう、なんだ……」

そう思うと、レアンも可哀相だ。

つくづく、裁定って、なんなんだろう。俺がそんな大きな運命を握ってるって、やっぱり、どうかしてるのに。

「ミコト様」

俯いた俺に気づいたのだろう。クレエが、そっと俺に声をかける。

「……あまり、気に病むことはありません。貴方の選択を、私たちは信じますから」

「……ありがとう」

アファは、『先に言われちゃったわ』という感じで笑っていた。

「ほんとに、みんながいてくれてよかった」

もしもティーグとレアンみたいなのばっかりだったら、たぶん俺、もう絶望していた。

「みんな、それぞれ違うけど……違うから、よかったって思う」

俺がそう言うと、二人は少し驚いてから、それぞれ、嬉しそうに笑ってくれた。

「じゃあ、俺、ティーグのところにも行ってくるね」

「うん。あ、……俺が言うことじゃないかもしれないけど、レアンのこと、責めないでね」

「はい」

「そうね。ちょっと意地悪するくらいで許してあげるわ」

アファの物言いに、俺はちょっと笑った。

それから、ホールを出て、ティーグの天幕に向かう。

案内された部屋で、ティーグはまた寝ていた。いや、今回は、昼寝というよりふて寝だ。まわりに落ちている布やらクッションが、いくつかぼろ雑巾《ぞうきん》のようになっている。暴れたんだろうなぁ、これ。

「……ティーグ」

「…………」

やってない、と無言のまま、全身の気配で伝えてくるティーグ。その隣に、俺は膝を折った。

「大丈夫。ティーグの疑いは、晴れたから。テウが証言してくれた」

「だろう!?」

がばっと跳ね起き、ティーグはバネみたいな素早さで立ち上がった。

「どうせレアンの企《たくら》みだろう⁉　人を欺き、陥れるとは卑劣な‼」

「うん、そうだけど……彼はもう罰をうけたよ」

俺からの信頼を失うというのが、たぶん、彼の一番の罰だ。

目を伏せた俺に、ティーグの勢いが萎《しぼ》み、また、ぺたんと俺の横にあぐらをかいて座った。

「それに、彼は本当に……自分の一族が大切だから」

絵を前にして、誇らしそうに、大切そうに、狼一族の話をしていたときのレアンの笑顔を、俺はよく覚えている。

「誰だって、自分が一番大切なものを守るためなら、なんだってするよ。だから……許してあげて」

そりゃ、濡《ぬ》れ衣《ぎぬ》をきせられたティーグは、腹が立つだろうけども……。

そう思って、ティーグを見ると、彼は意外にも、もう怒ってはいなかった。

むしろ、ただじっと、俺を見ていた。そして。

「ミコトは？　お前は、どうなんだ？」

「え？」

「なら、お前の大切なものは、なんだ」

出し抜けに尋ねられたことに、俺は困惑して、瞬きを繰り返す。

俺の大切なもの？　……そんなこと、考えたこともなかった。家族はもういないし、財産もとくにないし。

「我は、お前の話が聞きたい」

「俺の？　え、えーっと……」

長くて太い尻尾をゆらゆら揺らしながら、ティーグの金の瞳が、じっと俺を見つめてる。

まさかそんなことを言われるとは思わなかった。

基本的に、いつも他人の話を聞く側だし、そっちのほうが好きだし。自分の話をしてくれなんて言われるの、めったにない。

それに……。

「……俺、話すの下手だよ」

「それでもかまわん」

「面白く、ないよ？　たぶん」

「面白いかは、我が決める」

ああもう、この頑固者!!　……知ってたけど。

「……退屈だったら、やめろって言ってよ」

「言わぬ」

はっきり、ティーグは言った。

「ミコトのことだ。退屈なはずはない」

「……まだ、聞いてないだろ……」

呆れながらも、俺はどこかで安心もしていた。

言わないって言ったなら、ティーグは言わない。偉そうで乱暴でおっかないけど、でも、ティーグは嘘をつかないんだ。

「……えっと、大切なものっていっても、……家族は、もういないんだ」

それから、俺は、ぽつりぽつりと自分の話をした。

母親とは、ちっちゃいうちに死別していること。父親と二人で暮らしてたけど、その父さんも、三年前に事故で亡くした。貯金とか保険金とかはあるから、俺一人で細々と暮らしていくには問題はなかったけど。

専門学校を出たけど、就職はできなくて、結局コンビニでバイトしてたこと。

「学問を修めてから、店で働いていたんだな?」

「えっと、まぁ、そういうこと」

「学問では働けなかったのか？」

「うん。あの、それほど優秀でもなかったから……」

情けないけど、本当のことだ。

まだ足りないのか、そこまで話しても、ティーグはただじっと俺の目を見てる。

しょうがなく、俺はまた口を開いた。

「……だから、大切なものって、あんまり……。人の話聞いたり、読んだりするのは、好きだった、けど。あと……」

……そういや、この世界に来る前に、俺思ってたっけ。

猫が飼いたいなぁって。

唐突にそんなことを思い出した。

いや、ティーグは猫っていうには大きすぎるし、虎だし、第一飼ってもないけどさ。

あと、好きなものって言ったら……。

「……唐揚げ」

「？　なんだ、それは」

「あ、ホントにくだらないことなんだけど！　その、鳥の唐揚げっていうのが、あって。鶏肉に衣をつけて、油で揚げる料理なんだけど、それは好きだった。最近、食べてないけど」

いや、でも、大切なものがそれって、どうなんだろう。呆れるだろうなぁ。

「……そうか」

だけど。

ティーグはなんかすごく嬉しそうに、笑ってくれた。

怖い印象が、笑うと一気に消える。目が細くなって、ちょっと覗く牙も、なんか可愛いんだ。

否定されなかったことにほっとして、俺は半ば無我夢中で、言葉を続けた。

「あ、でも、うちの唐揚げ美味いんだよ？　母さんの料理で唯一覚えてて、それで、大きくなってからレシピを見つけてさ。作るといっつも、父さんが美味い美味いって褒めてくれて、二人でめちゃくちゃ食べるから、すごい量作らなくちゃいけなくて……」

あ、あれ。

……そっか。

だから俺、あれが好きで。

一人になったから……作らなく、なってたんだ。

気づいてなかった。全然、ちっとも。

「……ミコト」

「…………」

そこで、俺は、言葉が続けられなくなった。

喉の奥が締まって、息が苦しく、て。

頭が熱くて、……目の前が、ぼやけた。

鶏の唐揚げ。母さんの思い出。父さんの笑顔。……消えてしまった、普通の日常。バイト先の仲間。好きだった歌。テレビの番組。

思い出してしまったら、なんだか、たまらなくなって。

ただ生きていくだけの、退屈な人生だと思ってた。夢もなにも、とくになくて。とくに必要とされてもいない、居場所のない暮らしだって。

でも、わかった。

それでも、俺は、本当は大切だったんだ。全部。

ティーグに無価値と言われて、あんなにも腹を立てたくらいに。

みんな、大切だった。なにもかもが。

たとえどんなに、とるにたらない、普通のことであっても。


「……っ……」

涙ばっかり出て、もう、なにも言えない。

不意に、頭に、ぽんと乗っかったものがあった。ティーグの掌《てのひら》だ。

「──可哀相だな。こんなことに、巻き込まれて。……悪かった」

ティーグが低く呟いて、俺の頭を何度も撫でてくれる。

大きな彼の手じゃ、俺の頭なんてすっぽり入ってしまうほどだ。

だから、余計に子供になったみたいな気持ちになってしまって。

「…わ、あぁあっ!!」

気がつけば、俺は泣きじゃくっていた。

ティーグの前で、ただ、声をあげて。

そんな俺を、ただじっと、ティーグは見守ってくれていたんだ。

その夜、レアンは、夕食の席には出てこなかった。

たしかに、顔は合わせづらいだろう。仕方ないな、と思ったけど。

「呼んでくる」

立ち上がったのは、ティーグだった。

そのことに驚いたのは、俺だけではなくて。クレエまで、「え？」と声に出すほどだった。

「……夕食はみんな揃って、というのがミコトの決めたことだ。あいつがいなくては、食事ができん」

当然のように言うと、ティーグはレアンの天幕に向かっていった。

「大丈夫かしら」

ぼそり、とアフアが呟いたけど。たしかに心配だ。

でも、それからすぐに、レアンはティーグと一緒にホールへとやってきた。ただ、いつもよりさらに、表情は厳しい。

そこで、ティーグはおもむろに口を開いた。

「言っておくが、我はお前を許した。ただそれは、ミコトがそうしてくれと頼んだからだ。お前がこれ以上ミコトを謀《たばか》るようであれば、我はお前と、狼族を二度と許さん」

それから、みんなに向かっても。

「それと。この件について、レアンを叱責《しっせき》してよいのはミコトのみだ。レアンは、方法こそ愚かだったが、この裁定の場ではあらゆる方法がとられることもあろう。それを責める権利は、我々にはない」

そう言うと、ふぅと息をついて、ティーグは自分の席にどっかりとあぐらをかいた。そして、レアンにも「座れ」と顎で示す。

レアンはしばし、唇を噛み、俯いていた。

ティーグの言葉が、自分に対しての温情なことは理解している。けれども、プライドがそれを邪魔しているんだろう。

「レアン」

おずおずと、俺はそう呼びかける。

「……お腹すいちゃったし、ご飯、食べよ?」

――あんまりにも幼稚だったかな。でも、それしか思いつかなかった。

レアンはまた一瞬顔をしかめて。……深々と頭を下げると、俺の隣に、いつものように座った。

「さ、食事にしましょうか！」

ぱんっとアファが手を叩く。料理は少し冷めちゃってたけど、俺は、ほっとしていた。

それから……今日のティーグが用意してくれた料理が、鳥の揚げ物なことに気づいて、ちょっと嬉しくなった。

ただこれ、単なる素揚げだよなぁ。

今度、作ってあげようかな。みんなに食べてほしいかも。あ、テウは無理か。

そんなことを考えながら、俺はみんなと、夕食をたいらげた。


それからしばらくは、また、平穏な日々が続いた。

どうしても、見えない壁はあちこちにあるけども、それでもひとまずは平和に。

——だけど。空に浮かぶ月は、いつの間にか半月も越えて、しずかに満ちてきていた。

珍しく興奮した顔で、クレエがホールに下りてきたのは、二十二日目の昼だった。

「ミコト様、もしかしたら……帰れるかもしれません!!」

「え?」

その言葉に、アファに文字を習っていたテウと俺は、驚いて顔をあげた。

「本当なの?」

アファが尋ねる。片隅で昼寝をしていたティーグも目を開け、レアンもじっとクレエを見つめた。

「は、……はい。ただ、まだ、確証はないの、ですが……」

どんどんクレエの勢いが縮こまり、ぎゅっと胸の前でわら半紙を握りしめる。

「かまわん。話せ」

ティーグが言うと、びくつきながらもクレエは口を開いた。

「あの……扉、なのですけども……」

扉については、ここに来て以来、ずっとクレエが研究を続けていた。観測と実験を続けた結果の、予測でしかないと前置きして、クレエは語る。

「扉のエネルギーには、メンシスの力が働いている可能性があります。もちろん、カンターメン効果の影響やモリートヴァの法則を鑑《かんが》みて……」

「……申し訳ないけど、結論だけでいいわ」

アファが言ってくれて、助かった。あまりにもちんぷんかんぷんすぎる。

「あ、ああ、はい！　すみません。その、ええと……次の満月の夜の間であれば、もしかしたら、扉がミコト様の世界とつながる可能性があるの……です。実際に実験をしなければ、危険ではありますが……」

「今は開かないのか？」

「はい。裁定が始まる夜以外に、扉が開く可能性がある日は、とても少ないのです。……今の私の計算によると、およそ……九〇〇〇日に、一度」

「きゅうせん……」

ちょっと、くらっとするような数字だ。年にすると……ええと、何年？

「それが、次の満月ということか」

「はい」

クレエが、まっすぐに俺を見つめる。

……帰りたいって言ってたこと、覚えててくれたんだ。

「ありがとう、クレエ」

心から、俺はそう言った。

「い、いえ。そんな、まだ、確証はありません、し……」

「ううん、それでも、嬉しい」

半分以上、いや、はっきりいって、諦《あきら》めてた。

帰れる。……帰れるんだ。

どうしよう。帰ったら、なにしよう? コンビニ行って、雑誌買わないと。あと、あ、そうだ。無断欠勤のこと、謝らなきゃ。クビになってたら……まぁ、また職探しかな。久しぶりに墓参りもしたいし……。

「ちょうど、裁定が終わる日だな」

レアンの言葉に、完全に浮かれた俺の意識がふっと現実に戻る。

そうだ。

次の満月ってことは、ちょうど、裁定が終わる日。

裁定が終わるってことは……。

──俺は、誰かを、選ばなくちゃならない。

「…………」

表情を堅くした俺に気づいたのだろう。ホールの空気が、急に重苦しくなる。

「えっと、その……」

集まった視線の重さに耐えきれず、俺は俯く。軽々しくなんて、絶対、なにも言えなかった。

最初は、適当に誰かを指名すればいいやなんて思ってたのは、本音だ。それよりなにより、逃げたかったし。

でも、今はわかる。みんなが、どれだけ真剣に、この場に来ているのか。とりわけ、レアンとティーグが。

そして、俺の決定が、これからのこの世界に大きな影響をもたらしてしまうということも。

だから、なおさら……やっぱり、俺には、わからなくなる。

なにが一番正しいんだろう。

そしてそれを、俺に選ぶ能力なんて、あるのかな。

「ねぇ、ミコト」

沈んでしまった俺の顔を、ぴょこっとテウが覗き込む。そのキラキラした瞳が、まっすぐに俺の姿を映してる。

「じゃあ、誰が一番好き？」

「は⁉」

唐突な問いかけに、俺は素っ頓狂《とんきょう》な声をあげてしまった。

——それから、わけもなく、ぼっと顔に火がついたみたいに熱くなる。え、なんでだ。どうして？

「そ、そういう問題じゃない、だろ……」

そんな、好き嫌いと、世界の命運を、一緒くたにしていいわけない。

そりゃ、まぁ、ツガイとかいうくらいだけど。少なくとも、俺はそう思うし……。

「ミコト、赤くなって可愛い！」

テウが楽しそうに抱きついてくる。だから、そんな場合なのか。しかも、くすぐったいし、もう‼

だけど。

「なんであれ、ミコトの決断なら、従おう」

レアンが言う。

「アタシは最初から、そのつもりだしね」

「私も、です」

アファアと、クレエも頷いて。最後に。

「……ミコトは我が認めた裁定者だ。不安になる必要はない」

そう、いつものように偉そうなことを口にしつつ、ティーグはテウの首根っこを掴《つか》んで俺から引きはがした。

「やーだー」

「べたべたしすぎだ。兎小僧」

じゃれる二人に、ようやく場が和む。

俺も、苦笑しながら……でも、頭は違うことを考えてた。

みんなの信頼は嬉しいんだ。とても。

だからこそ、それを裏切るのが、怖い。

――帰れるかもしれないと、ただ手放しで喜ぶなんて、到底できなかった。

でも。

どっちみち、裁定の日までは、……あと三日しかなかった。

目が覚めたとき、自分の置かれている状況が、さっぱりわからなかった。

……こんな状況は、二度目だ。

でも、一度目より、はるかに最悪なことはすぐに理解できた。

いつものあのベッドの上じゃなく、寝ていたのはただの石の床だ。半ば崩れた天井や、隅に積もった砂を見ても、ここは自分の知っている場所じゃないとすぐにわかった。

「寒……」

ただ四角い穴が開いただけの窓からは、星空と、もうすぐ満ちようとしている月が見えた。そして、そこから入り込んでくる風が冷たい。俺は部屋着一枚のままだったし、思わずぶるりと震えて自分の腕で自分を抱いた。

砂漠の夜は、昼とは違ってひどく冷えるということは、ここに来て知ったことだ。ってことは、もうけっこうな夜更けってことになる。

「……いった!!」

起き上がろうとした瞬間、予想外の力にひっぱられて、俺はその場で顔から派手に転んでしまった。

「なんだよ、もう！」

慌てて動かない足下を見ると、そこには鉄の足枷《あしかせ》ががっちりとハマっていた。そこから伸びた鎖は、やや赤錆《あかさ》びた壁の金具につながっている。

「は？　え？」

なに。なんだよ、これ。

とりあえず撫で回してみたけど、俺の力ではとても外れそうにない。足枷には南京錠がついていたけど、まわりには鍵《かぎ》がないんだからどうしようもない。ほぼ完全に、詰んでる状況だ。

あたりを窺っても、誰も……どころか、生き物一匹いる気配はない。

「レアン？　テウ？　アフア？　クレエ？　……ティーグ!?」

そう、大声を出してはみたけど、なんの変化もない。

もしかして、裁定者とかいうのは、最終日はどっかに閉じ込められるものなんだろうか？　……ありえなくもない気がする。なんせ、ここのルールは俺にはわからないことばっかりだし。

いや、でも、それなら昼間バオさんと話したときに、聞いていてもいい気がする。

「……そうだ、バオさん」

思い出した。

最後に俺が話したのは、たしか、バオさんだったはずだ。


「過去の裁定について？」

「はい。できたら、教えてほしいなって」

昼食の後、部屋に戻ったら、バオさんのほうから俺を訪ねてきたのには少し驚いた。まるで忍者みたいに、その姿を見たり見なかったりしてたし。

とはいえ、ずっと気になっていたことを聞けてよかったけど。

だけど、バオさんは難しい顔をして、首を横に振った。

「裁定者殿。裁定がどのように行われたかは、一切他言無用が掟《おきて》でございます」

あー、やっぱり。レアンもそう言ってたもんなぁ。

「その、昔話としてってくらいでいいんだけど」

俺が食い下がると、仕方なさそうに、バオさんは口を開く。

「……真偽はともかく、かつては、互いに争わせ、生き残った者を選んだとか」

「いきのこっ……」
リ、リアル。でもたしかに、それは虎族強いだろうなぁ。

「あるいは、裁定者が謎かけをし、それを解いた者を選んだ……などの言い伝えは残っております」

そうすると、蛇か鳥が強くなりそう。

それで、物作りを競わせるとかだったら、兎が一番かなぁ。

そう思うと、みんなかなり特徴が激しいから、種目によって得手不得手が出すぎる気がする。

「して、裁定者殿は、どのようにして裁定をなさるおつもりですか？　あるいは、もうお心はお決まりになりましたでしょうか」

「え？　あ、いや、その……まだ、全然、迷ってて……」

正直に、俺は白状する。

「みんなは、俺の決定に従ってくれるって言うんだけど。でも、なにが一番良いことなのかは、まだ……」

「………」

バオさんが、ため息をついた。

まぁ、そうだろうなぁ。明後日《あさって》になろうっていうときに、こんなこと言ってちゃ。でも。

「みんな本当に、それぞれに長所が違うし。俺が彼らの優劣を一方的に決めるなんて、そんなこと、いいのかな、って……」

なにより、その彼らに比べたら、俺が一番なんにもできないってことはよくわかってる。

俯く俺の前で、やおら、バオさんが杖で床を叩いた。あの独特な乾いた音が響き、俺は顔をあげる。

「裁定者殿のお心につきましては、かしこまってございます」

「…………」

「まだ時はありますま故、ごゆっくり、なにとぞお考えくださいませ」

「……はい」

頷くと、バオさんは部屋を出ていった。


……そうだ。それでしばらくは、一人で部屋でぼうっとしてたんだ。

そのうち考え疲れて、なんかものすごく眠くなったから、ちょっと横になろうって思って。

――目が覚めたら、ここにいた。

「一人になって考えるって、こういう意味だった、とか？」

はは。……そんな馬鹿な。

とりあえず、立ち上がってみた。鎖が届く範囲で動き回ってみる。

どうやら、本当に、今までいた場所ではないみたいだ。窓の外からちらちら見える石造りの建物や、この部屋の感じからして、たぶん、砂漠に残されていた遺跡みたいなもの……っぽい。しかも、地面の見え方からいって、ここは塔のてっぺんあたりみたいだ。月明かりが天井の穴から差し込んでるおかげで、そこそこ明るいけれども、それ以上のことは暗がりでよくわからない。

それに、なにより。

「……喉、渇いた」

でもここには、当然水なんかない。人間不思議なもので、水がないと思った瞬間に、ものすごく喉が渇いてる気がしてくる。なにより、目が覚めてから一番強く、俺は不安を抱いた。

「…………」

膝を抱えて、しゃがみ込む。

こうなったら、下手に動いて消耗するほうが怖い。

わけがわからないのは、もう最初からだ。理由を考えたり、悲嘆に暮れても仕方がないことは学んだ。それよりも、生き延びる方法を考えなきゃ。そして、脱出する方法を。

なんとしても、明後日には戻らなきゃ。あの『扉』から、元の世界に戻るためにも。

寒さに震えて丸まりながら、その夜、俺はひたすら考え続けていた。


そういえば、この世界に来てから、俺は少し変わったと自分でも思う。

前はこんなに、知恵を絞るみたいに考えたことはなかった。

拙《つたな》いながらも、それなりに自分の考えを話せるようにもなった。

それはきっと、まわりのみんなのおかげなんだと思う。

……だとしたら、やっぱり。

まず、自分の世界に帰ることよりも先に、裁定のことをちゃんとしなくちゃならないよな。

誰を選ぶかっていうと、またそこで俺の思考はぐるぐるしそうになるんだけど、でも。

――最初から違和感はあったんだ。

そもそも、なんでみんな、裁定というこのシステムそのものに、異義を唱えないんだろう？　って。

ティーグはまぁ、「裁定者」（つまり俺）に対して疑惑をぶつけてきたけど、それにしても、「裁定」っていうことに対しては疑問を持ってないみたいだった。

それは、長年の契約なんだろうけど……でも、これって本当に、正しいのかな。

部族間での直接的な争いを回避する、っていう意味では、有益なのかもしれないけど。

だけど、それ以外にも、方法はあるんじゃないか？

………だめだ。やっぱり、具体的にはなんにも、思い浮かばないや……。

無力さに、ただ、ため息がでた。


太陽が昇ると、次第にじりじりと気温は上昇していく。昨夜はありがたかった天井の穴も、直射日光という大敵を呼び込むという意味では、恨めしい。俺は少しでも日陰に入れるように位置を変えながら、手近にあった石を使って、根気よく鎖を叩き続けていた。

「あ……まただ」

ぼろりと、風化で脆《もろ》くなった石が、何度目かの衝撃に耐えきれずに割れる。そのたび、他の石を探す。その繰り返し。腕が痛み、掴む指先が麻痺してきても、俺はただ一心に、その作業を続けていた。

――でもそれも、限界が近いことは、わかっていた。

目が回る。頭が、ぼうっとする。苦しい。

最初は、喉の渇きだった。それを、ツバを飲み込んで、なんとか堪える。次にきたのは、空腹。腹のあたりがべっこりと凹《へこ》むほど、もう身体の中は空っぽだ。でも、それも、やがて慣れた。

それから、……ついに、突然、力が出なくなった。

「あ、れ？」

掠れた声で、思わずそう呟く。目の前の景色が、急に揺れたと思ったら、……揺れたのは、俺の身体のほうだった。

手から石が転がり落ち、俺は、ばったりと石の床に倒れていた。

「………」

起きなきゃ。続けなきゃ。

そう思うのに、もう指先一本すら、動かせない。なんでか、身体は小刻みに震えるばっかりだ。

外はいつの間にか、再び夜になっていた。

空に浮かんでいるのは、今にも満ちそうな月。

喉、渇いた。もう、ツバも出てこない。

……テウが焼いてくれるお菓子、美味しかったなぁ。アファがくれる果物も。

思い出すとなおさら腹が減るけど、でも、同時に微かに涎《よだれ》が出てきて、口の中が少し潤った気がした。

みんな、今頃なにしてるんだろう。

クレエ、心配してるだろうな。テウは、泣いてないといいけど。アファは、もしかしたら、探そうとしてくれてるかなぁ。レアンはどうだろう。裁定がどうなるか、怒ってるかもな。ティーグは……。

ティーグは、どうしてるかな。一番、わからないや。

最初は、最悪な奴だと思った。我《わ》が儘《まま》だし、傲慢《ごうまん》だし、乱暴だし。絶対、あいつだけは選ばないだろうって。

でも、それだけじゃないって、だんだん、知った。

焼き餅《もち》焼きで、いつだって感情のまんま、素直で。

それから、……意外と、優しいんだ。あいつ。

「……イー……ぅ」

喉の奥がべったり貼《は》りついてるみたいで、言葉が、ちゃんと出なかった。もう、あいつの名前も言えないのかな。そんで、このまま、俺、死んじゃうのかな。

――この世界に来て、『死ぬのかな』って思ったことはある。それこそ、ティーグを前にしたときに。でも今は、それよりさらに、死をリアルに感じてた。

会いたい、なぁ。みんなに。ティーグに。

もっと、聞きたいことあったよ。

……それ以上に、もっと、言いたいことも、あったよ。本当は、あった。

下手で、面白みもなくて、まとまらない、わかりづらい俺の話を、それでも聞いてくれる人に。

もっと、ちゃんと、………。

「………」

鼻筋を伝う感触に、涙ぐんでいたことに気づく。

ヘンなの。もう、とうに、身体の中は空っぽになった気がしてたのに。

それでも涙って、出るものなんだな。

「あ……はは」

ひきつった、笑い声っぽいものが漏れた。その、音に混じって。

……あの、独特な乾いた音がした。

バオさんの、杖の、音。

「あ、……ぉ……！」

必死で声をあげて、俺は自分の存在をアピールする。いつものように杖をついて、そのうち、暗がりの中からバオさんがその姿を現した。

助かったって、一瞬思って。

「……観念したか」

——その言葉に、まだこの状況は終わらないんだと、朦朧《もうろう》とした頭で本能的に理解する。

「このままここで朽ちてもらう予定だったが、小童《こわっぱ》どもが五月蠅《うるさ》くてたまらぬ故、仕方ない」

「……ぁ、んで……？」

「何故《なにゆえ》、と？　……私にも、私の仕事がある。虎族の栄光を、次の世にも引き継ぐという、な。だが、あの小僧はお前を籠絡《ろうらく》させられなんだ。むしろ、あいつが骨抜きにされる始末……！」

そう口にすると、腹立ち紛れにバオさんは杖を思いきり床へと打ちつけた。虚《うつ》ろな音が廃墟《はいきょ》に木霊《こだま》して、砂漠に消えていく。

「裁定者が裁定の場から消えれば、すなわち、その資格を失う。此度《こたび》の裁定が失敗に終わり、次の裁定まで、百年は再び虎族はこの世界の長となろう。それが、契約に定められたこと。……だと、いうのに。こともあろうに、あの小僧は、その契約に背くと！」

バオさんのこめかみに、血管が浮かんでいる。その怒りの大きさに、こけた頬はむしろ青ざめていくようだった。

企みが上手くいかなかったこと、それ以上に、契約の掟を軽んじられたことに激昂《げっこう》してるみたいに。

「王座などいらぬ、お前を探すと、あやつは下々に膝を折って助力を乞《こ》いおった!!」

バオさんは、怒りに我を忘れたみたいに、滔々《とうとう》と語り続けた。

だけどもう、俺は、半分聞いてなかった。いよいよ、意識が途切れそうなのもあった。でもそれ以上に。

……ティーグが。

ティーグが、本当に、そんなことを？

にわかには信じられない気持ちと、……そうかもしれないって気持ちが、同時に、俺の中にあった。

それと同時に、ものすごく、ものすごく、嬉しかった。

ティーグ。今も、俺のこと探してくれてるの？

俺も、会いたいよ。大丈夫だよって、安心させたい。それで、また、あの喉を鳴らす音が聞きたい。

それ、なのに。

杖の音が、だんだん、近づいてくる。

「お前がたとえ死んだとて、他にもお前の一族の者はいるだろう。あの……はるか昔の、猿の王の血をひく末裔《まつえい》ならば、誰であろうとかまわぬ話」

まつ、えい？

やっぱり、俺が選ばれたのは、完全に無作為じゃなかったってことか？

いやでも、今はそんなこと、尋ねている場合じゃない。なんとかして、逃げなきゃ。

諦めたくない。でも、もう、身体が動かない。頭も、動かない。

……苦い絶望が、喉元までせり上がってきたときだった。

真昼のような眩《まぶ》しい光が、突然視界を塗りつぶした。


「!!」

俺も、たぶんバオさんも、完全に目が眩《くら》む。咄嗟《とっさ》に目を閉じたけど、開いてもまだ目が眩んでいて、はっきり前が見えない。

ただ、音は聞こえた。

ばちん!! という破裂するような音と、「とれたっと!!」と楽しそうな声。

「クレエ、できたよ!」

「いきましょう!」

クレエ? それと、テウ?

懐かしい声に、なにか言いたいのに、声が出ない。その間にも、テウは意外な力強さで俺を荷物みたいに肩に抱え上げて立ち上がった。

「邪魔をするか……!!」

バオさんの呪詛《じゅそ》の叫びが、二度目の光の中に消える。

俺は、すごいスピードで、テウに抱えられたまま塔の上からダイブしていた。

「……っと!!」

同じく脱出するテウとクレエは、互いの身体を丈夫な縄でつないでいたらしい。クレエの翼の力で減速したおかげで、落下の衝撃はさほど大きくなかった……そうだ。

このへんは、俺は後になって知ったことで、そのときは意識朦朧としてて、ほとんど覚えていない。

たぶん、クレエとテウがいることに気づいたあたりで、もう気絶してたんだ。

次に目が覚めたときには、ベッドの上だった。いつもの、裁定の塔にある、俺のベッドだ。

「ミコト？　大丈夫？」

「…………」

テウが、赤い目をさらに赤くして、俺をじっと見つめている。ぺしょんとしょげ返りまくった耳が可愛くて、俺は薄く微笑んだ。

「起きたか。……水だ。飲んだほうがいい」

レアンが水差しの水を差し出してくれる。テウが手を貸してくれて、頭を持ち上げると、ゆっくりと水を飲んだ。

……美味しい、って、心底思った。夢現にも、何度か水を飲んだ記憶はなんとなくあるけど、乾いた身体はいくら飲んでも足りない。俺はやたらに喉を鳴らし、水を飲んだ。

「それくらいにしておけ。一度に飲みすぎるのも、身体に毒だ」

レアンがそう制してくれなければ、もっと飲み続けていたかもしれない。それで、ようやく俺は、もう一度枕《まくら》に頭を乗せて横になった。

生き返った、って、そう思った。どれくらい寝ていたかわからないけど、もう日が昇ってるし、身体がだいぶ回復してるのがわかる。きっとずっと、テウたちが看病してくれたんだろうな。

「よかったぁ……」

「……テウが、助けてくれたんだよね。あと、クレエがいたのは覚えてる、けど」

一体どうして、あそこがわかったんだろう。それに、あの光も。

俺がそう口にすると、テウは照れくさそうに笑って、長い耳を揺らして訂正した。

「みんなで、だよ。ミコト」

「……ああ」

レアンも頷く。

「みんな、で？」

不思議そうにする俺に、テウは興奮気味に語りだした。俺が閉じ込められている間に、なにがあったのか、を。

「ティーグが、僕たちに頼んだんだ。ミコトのために、手を貸してくれって。こう、頭下げて！　びっくりしちゃった！」

バオさんが言っていたのは、本当だったみたいだ。

「それで、みんながいいよって言って。……ああ、レアンはね、『このような裁定では納得ができない』からって言ってたけど」

「…………」

レアンの尻尾が、ぴくっと動く。ほんとにテウ、今は怖いものないなぁ。

「それは……」

「いいよ、レアン。冷たいなんて、思ってないから」

憮然《ぶぜん》として釈明しようとするレアンに、俺は苦笑まじりに言った。レアンは、感情より建前とかルールが必要なんだって、ちゃんとわかってるし。テウだって、半ばからかってるだけなのにね。

それから、レアンを中心に、作戦会議が行われた。

集団で役割を決めるなら、ティーグよりレアンのほうが得意だろうと、ティーグ自身が頼んだらしい。

「助力を乞う者を見放すほど、狼族は無慈悲ではない」

レアンはそう言うけど、ちょっと照れ隠しにも見えた。なにより尻尾は、得意げに振られてたし。

最初の問題は、『誰が』『どこへ』連れ去ったか、ってことだった。

砂漠で放置されていては、長い時間は命が保たない。みんなは焦っていた。

この中では鼻がきくレアンたちが探すという案もあったが、俺を眠らせるために使ったお香（道理で、急に眠くなったわけだ。匂いには気づかなかったけど……）のせいで、匂いがわかりにくくなってしまってたらしい。

「そしたら、アファが言ったんだ。お喋《しゃべ》りしまくれって」

「は？」

「違うや。えーとね、言いふらすの。『クレエがこのあたりの地図を作っていた。ミコトがいる場所は、すぐに特定できそうだ』って」

その上で、ここから外へ行く人間がいれば、それが怪しいというわけだ。

「そうなの？」

「隠し場所は絶対大丈夫だと思っていても、不安になると確かめに行くものなんだって。アファが言ってたよ」

「それが神官とは思わなかったがな」

レアンがため息とともにそう呟いた。

……いつもなら、このまま虎族の悪口に移行しそうなものなのに。苦悩するような横顔が、内心意外だ。

でも、そのほうが、ずっといいけど。

「それに、あんなところに隠し通路があったなんてね」

「隠し通路?」

「うん。庭にね、一見ただの石畳なんだけど、こう、簡単にずらせるの。そっから通路があって、びっくりしちゃったよ」

「かつてここが砂漠になる以前にあった城と、この塔をつなぐための秘密通路ではないかと、クレエは推察していたな」

「へぇ……あ、あー!!」

いきなり大声を出した俺に、レアンとテウはびっくりして耳をぴんと立てる。

「どしたの?」

「いや、それ、たぶん知ってる。俺。えっと……」

テウのネックレスを探していたときに見つけた場所だ。でも、あの事件のことを蒸し返すのは躊躇われて、俺はただ、「庭を散歩してて、見つけたけど、……なんだかよくわからないから、すぐ忘れちゃってた」と続けた。

とにかく、不審な動きをする者はいないか見張っていたレアンがすぐに気づいて、通路を追ってくれたらしい。

通路の終点は、あの塔があった遺跡の中の、小さなほこらだった。足音を忍ばせて階段を昇って、「でもね、向こうも警戒はしてたみたいで。出たところで、怖い人たちが来て」

テウの表現に、レアンが言い添える。

「おそらくは、暗殺専門の殺し屋だろう」

「……大丈夫だったの？」

「予想はしていたしな」

「すごかったんだよ。ティーグとレアン、めっちゃ強いの!!」

テウが興奮気味に言う。

そうだろうなぁ。その姿が、まざまざと目に浮かぶ。

砂を蹴立《けた》てて、勇敢に、きっと二人は戦ったんだろう。

「でね、その間に僕とクレエは、アフアに庇ってもらいながら、片っ端から遺跡を探して回ったんだ」

たしかに、身が軽くて足の速いテウとクレエのほうが適任だ。それで、危ないところで、俺を見つけられたらしい。

「……そういえば、あの光は？　なんか、すっごい眩しかったけど……」

「あれね!!　あれ、クレエが作ったの!!」

「クレエが？　あ、ああ……もしかして、蛍石で？」

「そう！」

テウが胸をはって頷く。

「あれには、俺も驚いた。あの石に、それほどの力があったとは知らなかったな」

「そっか……完成したんだ」

よかった。クレエの努力が、みんなに認められて。

「でも、ああいう使い方は、特別なんだって」

レアンが言うには、蛍石を精製して純度をより上げることで、本来の蛍石よりはるかに強い光量を得られるんだとか。その粉末を小さな丸薬にして、強く叩きつけることで、衝撃で強い光を発することができる……というものだったそうだ。

「作るのは、僕も手伝ったんだよ。材料は、アファが用意してくれて」

アファアの商人としてのネットワークがあれば、どんな代物でも半日あれば揃う。実際、俺の南京錠をぶち壊したばかでかい工具も、テウが頼んでアファアに用意してもらった。

「捕まってるとしたら、必要かなって思って。よかった、役に立って」

ふふっと嬉しげにテウが前歯を見せて笑った。

「……ほんとに。本当に、ありがと」

テウの柔らかい髪を撫でて、俺も微笑む。

助けてくれたことも、そうだけど。なによりも、みんながそうやって、協力してくれたことが嬉しい。

そうやって、互いに苦手なところを補えば、みんなでなんだってできるよ。絶対。

それに引き替え……。

「本当に、俺ってなんにもできないな」

捕まって、迷惑かけて、自分じゃ脱出することも、みんなを手助けすることもできなかった。情けないったらない。

「それは違う」

レアンにぴしゃりと否定され、俺は「え？」と彼を見た。腕を組んで、壁に背中をもたれさせたまま、レアンはまっすぐに言う。

「たしかに、ミコトは弱い。だが、それ故に、我々は協力することができた。お前のために。……そうまわりに思わせる力のほうが、なによりも強いものだ」

「レアン……」

そう、なのかな。

裁定者だから、大事だったんじゃないのって、そう思って。……でもそんなのは、卑屈な考えだって、すぐに自分を恥じた。

たとえそうだとしても、みんなが必死に俺を探してくれたことには、なんの変わりもないんだから。

「ありがとう」

俺が彼らに抱くのは、心からの感謝。それだけだ。

「今は、ゆっくり休むといい」

「そうだよ、ミコト」

「うん……あ、でも、あの……神官さんは、どうしたの？」

「……ティーグが裁いた」

短くレアンが答える。裁いた、というのは、おそらくは処刑したということだろう。

「そう……」

「…………」

そうするしかないだろうって、わかってた。でも、きっと、ティーグには辛かっただろう。虎族を誇りにしていた彼だ。自らの一族を手にかけるのは、そして、その一族が自分を裏切ったことは、どれだけティーグを傷つけただろう。

レアンが、あえて虎族を非難しなかった理由が、少しわかった気がした。もしも自分だとしたらって考えて、とてもこれ以上、ティーグを責められなかったんだ。

「明日は、裁定日だ。……俺たちの考えは変わらない。お前の裁定を、受け入れるつもりだ」

「え、でも」

俺はここから出たから、もう裁定者の資格はないんじゃないの？

「いいの。みんなで、それも決めたの」

テウが微笑む。

「……そっか」

みんなが決めたことなら、俺に異議はない。

それに、……ようやく俺も、心が決まった。裁定の、結論。誰を、選べばいいのかってことが。

「ミコト？」

「……ごめん。やっぱりもう少し、休むね。それと、……夕食が終わったら、ティーグに来るように伝えてくれる？」

明日。

明日には、この暮らしは終わるから。

その前に、ティーグと話したかったんだ。

あのとき、強く思ったことを。俺の気持ちを、——ちゃんと、伝えたかった。

「ティーグ」

「すまなかった」

夜になって、俺の部屋に来たティーグは、俺が出迎えるなり膝を折った。

「やめてってば。……君のせいじゃ、ないんだから」

「だが……」

ティーグが己を責めるのはわかる。自分の一族のことで、そして、なによりティーグが選ばれる確証がなかったからバオさんはあんなことをしたわけだし。でも。

「俺が、辛いよ。君の、そんな顔を見るの」

ティーグに近づいて、俺は彼の手を取って、立たせた。

相変わらず分厚い、力強い掌は、俺より一回りも大きい。だけど、指先までも、今は憔《しょう》悴《すい》しきっているように感じた。

「それよりも、ありがとう。ティーグが、えっと、みんなに声をかけて、助けてくれたんだよ、ね?」

「……テウか」

お喋りめ、とティーグは舌打ちするのに、俺は笑って首を横に振った。

「みんな、だよ」

あの後、食事を持ってきてくれたアファアとクレエとも、話した。だいたいの内容は、レアンとテウが話してくれたことと同じだったけど、視点が違う分、レアンの指示の的確さとか、テウの器用さもいっぱい褒めていた。それと……ティーグの、ことも。

「裁定は、お前の好きにしろ。それが終われば……後は、きっと、帰れる。クレエの技術は、一流だからな」

「……それなんだけど」

俺は、ティーグに向き合った。金色の瞳を、じっと見つめる。

「どうした？　不安なのか？」

「ちが、そうじゃなくって、……その、話を、聞いてくれる？」

俺がそう言うと、ティーグはようやく、微かに牙を覗かせて、笑った。

またかって、そう思ったんだろうな。俺もちょっと、思う。

何度繰り返してきただろう、こんなやりとり。

「……聞こう」

ティーグは俺の身体を気遣って、ベッドに座らせた。自分はその前に、あぐらをかいて座る。隣でいいって言ったけど、こっちのほうが楽だと言って。

「あの、ね」

話したい、話したいって、あんなに思ったのに。いざとなると、やっぱり舌はなめらかに動いてくれない。なにより、伝えたいことが多すぎて、喉につまるみたいだ。

「えっと、俺、あのとき……あ、クレエが……その」

「ゆっくりでいい」

途端におろおろしだした俺を落ち着かせるみたいに、ティーグの低い声が悠然と響く。

「う、うん」

深く息を吸って、吐いて、……顔が熱くて、心臓の音が、すっごい。

「……クレエに、帰れるかもしれないって聞いて、なにを思ったと思う？　……俺ね、もう、ティーグに会えないなって、思った」

「…………」

ティーグは、長くて太い尻尾まで微動だにせず、ただじっと、俺の声を聞いてくれている。

「ゆうべ、捕まってるときも、ね。……すっごく、会いたかった。だって、他のみんなは、どうしてるかなって少しは想像できたけど、……ティーグだけは、やっぱり、よくわからなくて」

「そうか？」

「そう、だよ」

それに結局、俺が想像もしない行動をしてたわけだし。やっぱり、予測できない人って意味では、これ以上なく当たってた。

「だって、君って、……無理やりその、やらしいこともするし。傲慢だし、我が儘だし、意地悪なこと言うし、ほんとひどい奴で」

言いつのる俺に、ティーグは苦笑を浮かべている。否定はできないだろ、だって。

「……なのに、優しいから。俺の話をちゃんと聞いてくれて、……受け入れて、くれるから」

俺のことを知りたいって、話を聞いてくれた。

王座より、俺を選んでくれた。

そのために、他人に頭を下げて、助力を乞うてくれた。

プライドの塊みたいな、独善的だった、あのティーグが。

それが、……俺には、本当に、嬉しくて。

「俺は、ティーグの傍《そば》に、いたい。でも……」

……その先の言葉を、ティーグが遮った。

「もう、いい。それ以上は」

ティーグの腕が、俺を抱きしめる。そうっと、優しく。でも、全部を、包むみたいに。

ティーグの甘い体臭が、鼻先をくすぐる。その体温にも、褐色の肌の感触にも、俺の肌が歓喜に粟立《あわだ》つのがわかった。

ああ、ティーグだって。

俺の身体は、ちゃんと、全部、覚えてるから。

「約束だったな。自分から部屋に呼んだときは、そういうことだと」

低く、ティーグが囁く。

「……うん。そうだよ」

その、つもりだった。恥ずかしいけど、でも。

「ミコト」

不意に強く名前を呼ばれ、俺は顔をあげる。そしたら、今まで見たことないくらいマジな顔の、ティーグがいた。

不思議だな。最初は、この金色の目に見据えられるだけで、震えるくらい怖かったのに。

今は、もう、そんなことない。

むしろ、なんか、ぎゅって、なる。こう、胸の奥あたりを直接掴まれてるみたいで、けど、嫌な感じじゃなくて。……ドキドキ、する。

ティーグの指先が、俺の頬に触れると、その『感じ』はますます強くなるみたいで。

「ティーグ……？」

「お前を愛してる。お前の姿が消えて、死にそうに辛かった。もう二度と、こんな目にはあわせないと、我は誓おう」

「……俺、も」

俺も、自然と口をついて、そう答えていた。

愛してる、なんてこっぱずかしい単語、まさか自分が口にするなんて、思ってもみなかったけど。

でも、たぶん。俺が今ティーグに抱いてるのは、そういう、感情なんだと思う。

愛《いと》おしい。そういう、気持ち。

ティーグが、鼻先で俺の頬を撫でる。ぐいって、押しつけられる感じで。……あ、喉も鳴ってる。

「ん、ふふ」

柔らかい髪の毛もくすぐったい。気持ちいい。

「ミコトは、いい匂いがするな」

「そう？　ティーグのほうが、なんか、甘い匂いがするけど……」

うなじのあたりにも顔を埋めて、ティーグが俺の匂いを嗅いでる。う、なんか、ちょっと。

「……や」

「なにがだ」

「なんか、恥ずかしい、それ」

「なんでだ？　我は、好きだ」

「ひゃ、っ！」

そのまま、ざらりと舌が首筋を舐め上げて。思わず肩が揺れた。ティーグの舌は、ざらってしてるから、ちょっと痛い。で、くすぐったいから。

「ん、てぃー、ぐ」

身体をよじっても、ティーグは舐めるのをやめない。首筋だけじゃなくて、耳の後ろのとこ、まで。

「よい匂いだが、我の匂いも、つけたい」

「……もぉ」

怖くは、ないけど。ぅ、でも……ぞくぞく、する。

それに……。

「お？」

俺だって、なにかしたくて。ティーグのこめかみのあたりを、ぺろっと舐め返した。そんな行動が意外だったのか、ティーグが顔をあげる。それがなんだか嬉しくて、俺は彼の唇のあたりも、舌でぺろっと舐めてみた。柔らかい、唇。

「猿族も、舐めるのだな」

「すっごい好きな人には、ね。あんまりやらないよ」

「我もだ。自分のものにしか、こうしない」

笑って、ティーグが俺の口元を舐め返す。そのまま、ほっぺたとか、鼻筋も。

「そこは、一緒だね。……ん、っ」

思わず閉じた瞼を舐められて、さすがに痛い。皮膚が薄いあたりは、ティーグの舌だと刺激が強すぎるんだよなぁ……。

ちょっと顔をずらして、もう一度、俺もティーグの顔を舐め返す。こうしてると、本当に、動物っぽいかも。まぁ、俺だって、動物といえば動物だもんなぁ。

「変な感じだ。ミコトの舌は柔らかい」

「そう？」

「でも、悪くはないな」

「……よかった」

ちょっと、ほっとする。

本当に気持ちいいのかな。ティーグの太い艶々した尻尾が、緩く揺れてるのが目の端っこに入った。

「あ、あの、さ」

「ん？」

ごそごそと俺の服を脱がしにかかっていたティーグに、俺はおそるおそる口を開く。実は、ちょっと前から、してみたかったことがある。

「その……尻尾って、触ってもいい？」

「………」

ティーグは、少し変な顔をした。

「まぁ……ミコトなら、かまわん」

あ、やっぱりあんまり触られたくはないんだ。

「ありがとう」

ティーグが尻尾をくるんとこっちに向けた。綺麗な、しましまの尻尾。痛かったりしたら嫌だし、なるべくそーっと、手を伸ばして触る。

「う、うわっ！」

ふわふわ!!　やわやわ!!　なにこれ！

「きっもちいい……っ」

「まぁ、手入れはかかさんからな」

目がキラキラしちゃった俺に、ティーグはまんざらでもなさそうだ。

「ここ、触られるのって苦手なの？」

「他はそうでもないのだが、尻尾は痛みを強く感じるからな。どうも、他人に預けるのは……」

本能的に好きじゃないってことなのかな。じゃあ、そーっと触らないと。ああ、でも、本当に気持ちいい〜。頬ずりしたい。

「あ」

そう思ったのが伝わったのか、ティーグは自分から、尻尾で俺の頬を撫でた。わ、やっぱりふわって気持ちいい！

「うわぁ……」

「気に入ったようだな」

「うん。すっごく気持ち良い」

「……そうか」

なんか、ティーグがにやりと笑った。きらって、牙まで見せて。

「わっ！」

にゅるん、って。尻尾が俺の首筋を撫でる。わわわ、くすぐったいってそれは！　気持ちいいけど！

「ちょ、ティーグ」

「ん？」

「え、ぁ、っ」

生き物みたいに、……っていうか、生きてるんだけども、尻尾がうねうね、俺の胸元とか撫でてきて。これ、ちょっと……。

「……便利だな。なるほど、こういう使い方もあったのか」

「ん、ぅ、……ちょ、……っ」

そんな感心してる場合じゃないだろっ！　で、でも、くすぐったくて、息あがっちゃって……反論できないし！

「本当に、感じやすいな。ミコトは」

「知ってる、だ、ろっ」

「ああ、知ってる。そこも好きだ」

不意打ちでキスされて、俺は息を呑《の》む。

「は、……」

ティーグのざらついた舌が、俺の舌だけじゃなくて、口ん中まで舐めてきて。溢れた唾液まですすり上げて、飲み込まれる。もっと、もっとって、そんなキスだけでも、息ができない、のに。

ティーグの尻尾も、大きな掌も、俺の全身を撫で回して。触られるところが、どこも全部、ぞくぞくと熱を帯びて疼く。力が抜ける。

気づいたら、ベッドに横になっていた。服なんかもう、ぐっちゃぐちゃだ。

俺の上に覆いかぶさってきたティーグの耳が、ぺたんてなってる。……どしたんだろう。

「ティーグ?」

「……今日は、嫌がらないか?」

え。そんな、今さら。

ちょっと吹き出しそうになって、でも、慌ててそれはやめた。

ティーグが本当に気遣ってくれてるのは、ちゃんとわかるから。

「うん」

頷いて、俺は、ティーグの大好きな柔らかな髪に指を差し入れる。

「……して、ほしいんだ」

すっごい恥ずかしかったけど、ちゃんと、そう口にした。

ティーグには、わかっていてほしいから。俺のことを。知って、ほしいから。

「そうか」

ティーグが、嬉しそうに笑う。目が細くなると、途端に印象が和らぐんだ。その顔も、好き。

「み、見れば、わかると思うけど……」

さっそく、ティーグは服を脱ぐと、俺の服にも手をかける。まぁ、密着してるし、脱がせたらもうわかるだろう、けど。その……もう、勃ってるし。俺。

「ああ、そのようだな」

「う……」

は、恥ずかしい。その通りなんだけどっ。

「ミコトは全身、感じるからな」

「ぁ、っ」

「足も、腕も」

そう言いながら、ティーグの手が素肌を撫でる。

も、……そこも気持ちいい、けど……っ。

「胸、も」

「ぁ、っ！」

不意に乳首のあたりを撫でられて、ひときわ高い声が、出ちゃう。

恥ずかしいのに、そこ、弱いんだってば……っ！

「舐めてやろう」

「え、……」

ざり、って。

ティーグの舌が、俺の、膨らんだ箇所を舐めた。

「い……ッ」

「痛いか？」

「……痛い、よ。けど……」

「けど？」

赤くなったソコを、ティーグは楽しげに舐めてくる。ざらついた舌の感触が、痛い。痛いんだ、けど。

「……きもち、い…ぃ」

口にすると、なおさら、身体が熱くなる。

ずきずきする。身体の芯《しん》が疼いて。

「ぁ、ん、ぅっ」

牙をたてないように吸いつかれて、片方も、爪《つめ》の先でいじられる。もう俺の乳首は真っ赤になって、見てわかるほどに膨らんじゃってて……。

「も、……てぃ、ぐ……ぅ」

勝手に、腰がぐねぐね、動く。だってもう、わかってるくせにっ。

「欲しいのか?」

顔をあげて尋ねるティーグに、必死で頷いて、俺は自分から足を広げた。震えるほど恥ずかしいけど、でも、もう、マジで限界。

「可愛いな。本当に」

「わ」

頬ずりされて、ちょっと驚く。あれ、だって。

いし。

……ちょっとは、気にしたんだからな。今さらだけど、別に俺、そう顔良いわけじゃな
最初に無理やりしたとき、たしか、そう言ってた。

「……好みじゃ、ないんだろ」

「ん？」


「あぁ。そうだな、好みではなかった」

あっさりそう答えながら、ティーグはいきなり、俺の勃ったアレを掴む。

「んぅっ」

や、ば。すごい、気持ち、い。

「だが、今はいっとう好きだ」

「は、ぁ」

「この小さな耳も、愛おしい」

耳たぶを甘噛みしながら囁かれて、全身が震える。

大きな手に包み込まれて、扱《しご》かれて、溶けそう……っ。

「もう、濡れてるな」

「や、あんま、にぎ、っちゃ……っ」

「どうして?」

や、だって、……あんま早いのって、ちょっと……。

逡巡《しゅんじゅん》してるのに。おかまいなしに、ティーグは俺を攻め立てる。

また乳首を舐めながら、ぐちゃぐちゃ、濡れた先端をいじられて。やらしい音が、俺にまで聞こえるくらい。

「ぁ、あ、っ」

もう、どうしよ。あっつい。頭も、身体も、なんかもう、全部。

「……美味そうだ」

ティーグが呟いて、身をかがめる。俺の、股間《こかん》のあたり、に。

まじまじと見つめられて、ますます、顔から火が出そうだ。

「え、ティーグ」

「いい匂いがする。……好きなものの匂いは、甘い蜜《みつ》のようだと聞いたが、本当だな」

にやり、と笑って。

ティーグの、あの舌が、俺の敏感な割れ目を舐め上げた。

「や、ぁ、あっ!!」

堪えきれずに、甘ったれた声を漏らし、俺はシーツを強く掴む。じゃないと、もう、頭がどうにかなりそう。

ただでさえ限界近かったのに、こんな、の。

「ん、……」

熱い、ティーグの口の中で。俺が、跳ねてる。それを楽しげに舌で捕まえて、もっと。

弱いくびれの部分とか、先っぽとか。じゅぶじゅぶと音をたてて、ティーグは食事でもするみたいに、俺をすり上げる。

「も、……だ、……めぇ……っ」

わけ、わかんない。もう、イきたくて。頭、真っ白になる。

腰のあたりからせり上がってきた快感に、意識ごと全部、さらわれて……弾《はじ》ける。

「あ、あ、あ……っ!!」

堪えていた絶頂が、一気に溢れ出す。

ガクガクと腰を震わせて、俺はティーグの口の中に、全部を吐き出していた。

ティーグはそれを、飲み干してしまったみたいだ。

「ん、……美味い」

「は……」

満足げに口元を拭うティーグを、俺はぼんやり見上げていた。

俺の精液が、ティーグの腹のナカにあるんだなって。不意に、そんな考えが浮かぶ。

そしたら、なんか、……俺も、欲しくて。

俺だって、したい。ティーグのこと、気持ちよく、したい。彼のに、触りたい。

「どうした？」

よろよろと起き上がった俺を、ティーグが訝しげに見る。

「お、れも。したい」

「ミコトは、寝ていればよい」

けど、それにかまわず、俺は彼の前に四つん這いになった。

ああ、すっごい。……ティーグ、の。こんなふうに見るのは、初めてだけど。俺より太いソレが、硬く立ち上がってるのが、なんか嬉しかった。

「させ、て。俺だって、好きな人のは、……欲しい、よ」

俺にこんなに欲情してるってことが、愛しくて。

「……そうか」

ティーグはそう言うと、もう、俺の好きにさせてくれるみたいだった。脈打っているティーグの雄を両手で包むと、熱くて、びくびくしてる。

「ん、……」

ためらいなく、俺はソレに舌を這わせた。独特な匂いが鼻をつくけど、全然、嫌じゃない。むしろ、もっと欲しくて。

「は……ふ、……」

鼻を鳴らして、しゃぶりつく。ティーグとおんなじに、逞《たくま》しいモノを。

「いいぞ。……もっと、させてやろう」

「う、ん…」

ティーグが、頭を撫でて褒めてくれる。ちょっと、安心した。だって、絶対へたくそだろうなって、わかってるし。

でも。

「あ、っ」

急に、剝《む》き出しになった尻を撫でられて、俺は動揺する。

「ら、め」

「ミコト、もっと」

「ん、んっ」

ティーグにそう促され、やめられなくなる。けど、ティーグの手は、ゆっくりと撫で回してから、その谷間……さっきの行為でまだ濡れてるトコロにまで伸びてきた。

「……ぅ、く……っ」

まだ、そこは閉じているけど。でも、ティーグの指に敏感に反応してしまう。縁のあたりを揉《も》まれ、さらにその、ナカにまで。

「ぁ、……は、……ッ」

……ティーグの太い指が、入って、くる。

「ミコト」

もう一度、ティーグが俺の名前を呼ぶ。口がお留守だって、そう言いたいのはわかる、けど。

「…………ん……」

精一杯唇を開いて、ティーグを咥える。口の中は敏感だって聞いたけど、本当かもしれない。ティーグの……カタチとか、感触が、ものすごくリアルで。

コレで、俺の身体を、突くんだ、って。

奥まで入って、きて。俺の、こと……。

「ぁ、あ、……」

想像すると、なおさら、ぞくぞく肌が粟立つ。

ナカで感じる指先が、もどかしくて、……無意識に、腰を上げて、俺はねだるように揺すってた。

「足りない、か？」

「っ！」

ぐっと、指先で感じる場所を押されて、息がとまる。

「我も、足りないぞ」

「……」

そう、だろうけど。でも、もう。

違うほうで、……欲しい。ティーグ、の。

ティーグを見上げた俺は、たぶん、相当情けない顔をしていたと思う。そんな俺にニヤリと牙を覗かせ、「無理か？」とティーグは尋ねる。

「ごめ、…だ、って……」

「そうか。ありがとうな」

泣きだしそうな俺の頭を撫でて、あっさりとティーグは、優しく笑った。

「いい、の？」

結局、口では、イかせてあげられなかったのに。

「いい。もう、我も欲しい」

「お、……俺、も」

答えると、ティーグはまた、ぺろっと俺の頬を舐めてくれた。

「あ……」

ティーグが身体の位置を変え、四つん這いになった俺の後ろにまわる。

揃えた指が引き抜かれて、ソコは、自分でもわかるくらいティーグを欲しがって喘《あえ》いでた。

「ミコト」

名前を囁いて、背中から覆いかぶさったティーグが、俺の首の後ろを甘噛みする。ああ、いよいよなんだ、って思った。

「ぁ、…………………ッ！」

俺の唾液に濡れたモノが、身体のナカに、押し入ってくる。

ティーグの、……激しくて素直な、そんな性質そのままみたいな、熱。だから、愛おしくって、……。

「あぁ……気持ち、いい」

満足げに呟き、ティーグは背中から、俺を抱えるようにして抱きしめる。

俺は振り返って、彼の高い鼻先に、自分の鼻をぶつけるようにして、甘えた。

「……す、き……」

「ああ。好きだ」

すぐにティーグは、そう返してくれる。そのまま、また頬ずりをされて、幸福感に胸がつまった。

「……我慢は、できないな」

「ひ、ぁ、っ！」

そのまま、一旦腰をひいたティーグが、ずんっと、腹の奥まで突いてくる。一度動きだせば、もう止まらなかった。

「あ……ふ……、ぁ、あ……っ!!」

嵐《あらし》、みたいで。

俺はいとも簡単に、その波にさらわれてしまう。

汗の浮かぶ背中を、ティーグの舌が這って。乳首まで責められたら、もう、ひとたまりもない。

「い、ぃ……すご、い、よ…ぉ……っ」

息も絶え絶えで、なに言ってるか、自分じゃもうよくわからない。ただ、必死で。

「我も、だ」

ティーグの声も、低く掠れてる。

ナカを抉《えぐ》るアレは、ますます勢いを増して、その動きも激しくなるばっかりだった。

「ぁ、い、……っちゃ、……」

「まだ、だ」

ティーグは、そう言うけど。でも……っ。

「む、り……も、イっちゃ、……あ、……ぅ、ッ!」

射精するのとは違う、甘くて、深い、……墜ちるみたいな、快感。

「――ぁ、……だ、め、……ま、た……っ」

「まだ、足りぬ」

「や、ぁ、っ!」

腰を摑んで、揺さぶられて、頭の中が、真っ白になっちゃうくらい。

途切れない、絶頂。何度も、何度も。

「とまんな、……ぁ、イ、く……ぅ……っ」

すすり泣きながら、狂う。それしか、できない。

「……は、……我も、……だ」

「あ、……っ!!」

ティーグが、ぐっと、俺の腰を引き寄せた。同時に、腰を深くまで打ちつけられて。

腹の底、で。熱い迸りが、弾ける。

「ん、ふ、……ぁ、……っ!!」

びく、びく、って。余韻に、肌が痙攣《けいれん》する。

すご、かった。

もう、手足に力が入らなくて、俺はどさりとうつぶせに崩れる。その勢いで、ティーグの雄が、身体からずるりと抜けた。……でもまだ、入ったまんま、みたいだ。

「ミコト？　もっと、だ」

「……え？」

完全に脱力しきってたところを、仰向けにひっくり返される。おねだりするみたいに、ティーグは俺の頬やら目元やらを舐めてきて。

「まだ、足らぬ。……ミコトも、だろう？」

「……っ！」

また、指先が、俺のナカに入り込んでくすぐる。だけど、さっきと違うのは、そこはティーグの精液にまみれ、ぬるぬると滑っていた。

「……ほら」

「え……ぁ……っ」

あっという間に、増えた指を咥えて、俺のソコが欲しがるように収縮する。ぐちゃぐちゃと響く音が、さっきよりさらに、生々しくって。

「……可愛いな」

そう呟くと、ぐいっと、ティーグは俺の足を持ち上げて、じっと見下ろす。

「や、……っ」

ソコ、が、どうなってるのか。想像すると、かあっと腹の底から、恥ずかしさに熱くなる。

きっと、物欲しそうに、白い涎を垂らしてる。そんな、……姿。

びくびくと、正直な俺自身が反応する。そこはもう、とっくに溢れたものでぬるぬるだ。しかもそれは、ティーグの指が動くたび、恥ずかしいほどぬめりを増してしまう。

「ほら。足りないだろう」

「……や、ち、が」

「違うのか？」

って、また、意地悪に弱いところを突いてくる。ぁ、そうじゃ、なくて……っ。

「……ティーグが、い、い……」

半べそで訴えたら、また、ティーグが頬ずりをしてくれた。

「まったく、どこまで可愛いことを言えば気がすむんだ。……そうだな。今度は、猿族の交尾で、抱いてやろう」

ティーグが、俺の両足を抱え上げる。そこで、初めて気づいたように、ティーグは「ああ」と小さく呟いた。

「……？」

どうか、したのかな。

「こうすると、お前の感じている顔が、よく見えるな」

「え」

……そ、そういえば。今までずっと、ティーグはバックからだったから、顔って見えてなかったんだっけ。

「や、だ。見ちゃ」

意識したら、すっごい恥ずかしくなって。俺は思わず、両手で顔を覆った。

「見たい」

「や、ぁ、あっ！」

ぬる、って。

ティーグが、また、入ってくる。

さっきよりずっと、ぐちゃぐちゃな俺のナカは、滑りを増してますます……感じて、しまう。

しかも、ティーグは浅く挿入《いれ》たまま、一番弱いところばっかり、ぐりぐりとこすってくる、から。

「ふ、ぁ、あ……」

「ミコト。……見せて、くれ」

もう一度、優しく、ティーグが、言う。

その言葉に、おそるおそる目を開けて、……俺は、覆っていた手をずらした。

視界いっぱいに、ティーグが、いる。

感じてる、セクシーな表情で、俺を見下ろしていた。

「……ティー、グ……」

その顔を、もっと、俺も見ていたかった。俺を抱く、俺の、大好きな存在。

この見知らぬ世界で、俺のことを、救ってくれた。

怒ったし、泣いたし、大嫌いだって思った日もあったけど。でも、今は、誰よりも……

愛おしいんだ。

「いい子だ」

額を寄せて、そのまま、引き合うみたいにキスをした。

ティーグの褐色の背中に抱きつくと、逞しさに安心する。

身を寄せ合って、本当に、全部……一つに、溶けてくみたい。

「気持ち、いい……」

うっとりと呟いて、また。

俺たちは、一つに重なり合ったまま、求めあい続けた。

その意識が、途切れるまで。

夜が、明けた。

裁定の日が、ついに、やってきた。


目が覚めて、ティーグは自分の天幕に戻っていった。軽く、甘いキスを残して。

その後、風呂に入って、用意されていた服に着替える。今度は、なんだかびらびらした、紺色の立派な服だ。それに金色の帯や、飾りがあちこちについてる。

洋服のことって、俺はあんまりわかんないんだけど、こう、中国の昔の偉い人が着てたみたいな、そんな感じ。

まだ真新しそうなのを察して、俺は、着付けを手伝ってくれてる兎族の女の人に聞いてみた。

「これ、今日のための衣装なんですか？」

「はい、そうです。裁定者様のためのデザインで、五つの部族の刺繍《ししゅう》が施されているものなのですよ」

言われてみると、たしかに、右袖《そで》には虎っぽい模様が縫ってある。左袖は狼。胸のあたりに蛇がいて、腰のあたりには兎がいた。ってことは、たぶん背中に蛇があるのかな。

髪も整えてもらって、格好的には、それなりに様になったと思う。

「ご立派ですわ」

さすがにその言葉は、お世辞だろうと思うけど。

気持ちは、落ち着いていた。もう、心は全部決まっている。

俺はゆっくりと、一人でホールへと下りていった。

ホールには、五人が揃っていた。俺と同じように、礼服っぽいものに身を包んでいるのを除けば、初めて会ったときみたいだ。

だけど、あのときよりずっと柔らかい気持ちで、俺は五人の顔を見渡して、微笑んだ。

今日はホールも、すっかり片付いている。飾った絵もいつの間にかなくなっていて、ああ、本当に今日で終わりなんだと、改めて感じた。

「ごめん、お待たせ」

「いいのよ。よく似合ってるわ」

「うん！」

アフアとテウが、口々に褒めてくれるのが、くすぐったい。

「ありがと。えっと……どこかに行くの？」

「ここでかまわないだろう」

レアンが言い切る。ティーグが、少しばかり複雑そうに目をそらす。

あ、そっか。本来なら、バオさんが取り仕切る場だったんだろうしね……。

思わずティーグに目をやると、「やりかたなど、問題ではない」と、ティーグは言い切った。

「ミコト。お前の裁定を、聞きたい」

「……うん」

ごくりと、ツバを飲む。

みんなが俺をじっと見ていた。たぶん、ホールのまわりでは、それぞれのおつきの人たちも固唾《かたず》を呑んでいるだろう。いや、それ以上に、その島の外の、この世界に住む人たちが、みんな。

その人たちの未来のために、俺が選んだ答えが合っているかどうかは、本音をいえば、今もわからない。

だけど、俺なりに精一杯考えた、答え。

「……誰が王になるかは、みんなが話し合って決めてほしい」

俺は、そう、告げた。

みんなが目を見開いている。慌てて、俺はさらに、言葉を続けた。

「えっと、その、選べなかったとか……押しつけるとか、そういうつもりじゃ、なくって。でも、……昔はどうあれ、さ。この世界のこと、なんにも知らない人が、決めていいことなのかなって……ずっと、思ってて」

そう。この裁定っていう仕組みそのものが、俺にはどうしても、納得できなかった。だって、これから先百年の自分たちの未来を、他人が決めていいと思えないんだ。どうしても。

「それに、俺を助けてくれたとき、思った。みんなが力を合わせれば、なんでもできるなぁって。だから、俺は……裁定者の権利を、みんなに、返す。それが、俺の、裁定」

ちゃんと、伝わったかな。俺の気持ち。

軽んじるつもりも、投げ出したわけでもないんだ。本当に、そう思ってて。

でも、みんなからの返事はなかった。

「あの……」

どうしよう。そう思いながら、さらになにか言おうとしたときだった。

すっと、みんなが、俺に向かって膝を折った。

しかも、なんだかすごく神妙に……それでいて、晴れやかな表情で。

「裁定、しかと承った。その上で、我ら五獣からの返答を申し上げる。――中田尊人。貴方を、我らの王として、迎えさせていただく」

は？

…………は？？？？？

「え、ちょ、ちょっと、ちょっと待って!!　なにそれ、どういうこと!?」

「皆で話し合って、すでに決めていたことだ。たとえ誰が選ばれようと、ミコトに返そう、と」

「いいいいつ!?」

ティーグ、そんな暇あったの？

「先ほどだったな。だが、皆そう思っていたことだったようだ」

「即決だったものねぇ」

レアンとアフアが、頷き合う。

「でも、そんな……だって、え？」

「もちろん、ミコト様が、元の世界に戻られるということでしたら……我らは、空の王位を守るつもりです。貴方様のために」

クレエの決意を秘めた眼差しを受け止めて、俺は、「あ……」とまた言葉をなくした。

元の世界に、未練がないといったら……嘘だ。

五分五分であっても、賭《か》けてもいいと思うくらいには。

でも。

空っぽだった俺を、必要としてくれたのは、ここだ。そして、みんな。

なによりも……ティーグが、いるから。


「ミコト……」

テウが不安そうに俺の名前を呼ぶ。

「残る、よ。ここに、いる。でも、……本当に、俺でいいの？」

王様だなんて言われても、俺はなんにも知らないし、できないし。それはもう、みんなもわかってるはずなのに。

「前にも言ったはずだぞ。俺たちが協力するためには、お前が必要なんだ」

「そうそう。ミコトが王様なら、アタシたちの商売もしやすそうだしね」

「私も、鳥族を代表して、ミコト様に忠誠を誓います」

「僕もミコトが王様のほうがいいな！」

「………みんな」

やばい。なんか、目が潤んできた。

「一人だけではなにもできないと教えたのは、お前だろう？　ミコト。お前の力も、我らに貸してほしいのだ」

ティーグがそう、微笑むから。なおさら。

「俺の力も……」

俺も、いれてくれるの？　みんなの、中に。

たった一人、この異世界に来た存在じゃなくて、……仲間にいれてくれるんだ。

それが、すごく、すごく、嬉しくて。

勝手に、目から涙がこぼれた。

「どうか、王となり、我々に手を貸してほしい。……ずっと」

差し出された大きな手を、俺はそっと、とった。

この先どうなるかなんて、わからない。こんな前代未聞な結果が、本当に受け入れられるのかも謎だし。きっとたくさん、トラブルだってあるだろう。

でも。

この五人が……なによりも、ティーグが傍にいてくれるから。

それならば、きっと、やっていけるかもしれない。

そう、俺は、信じられる。

「……はい」

頷いて、そして。

裁定はついになされ、世界は新たな王を迎えたのだった。

あとがき

はじめまして、あるいはお久しぶりです、ウナミサクラです。

まずはこの本を手にとってくださって、ありがとうございました！　心から感謝の気持ちでいっぱいです。いかがでしたでしょうか……どこか少しでも、琴線に触れる箇所があれば、なによりです。

今回は異世界もの、ということで、趣味に走って耳だの尻尾だのと、大変楽しかったです……！　ただ、一番最初の打ち合わせのときに、果たしてダーリンは虎とライオンのどちらがよいか？　という話になりまして。

「虎のほうが毛皮が綺麗でゴージャスですよ！　……ただ、耳が丸いんですよね」

「ああ、ちょっと可愛い感じですかね」

「そうなんですよ……耳が丸いんですよ……」

と、ひたすら「お耳が丸い」ことを話題にしていたのですが、最終結論としては「緒田さんならきっとかっこよく描いてくださるだろう」ということでした。緒田さんすみません。でもいただいたキャララフを拝見して、「私間違ってなかったわ…！」と震えました！　ティーグだけでなく、みんな本当に素敵に描いていただけて、本当にありがたかったです。

ティーグたちのキャラクターのイメージは、今回はわりと種族そのままの設定です。でも多分、あの世界には、「気性の荒い兎族」もいると思いますし、「ひ弱な狼族」もいるんだと思います。そういう意味では、兎×狼とか脳内で想像すると楽しかったり。ミコトくんもこの先、まだまだ驚いたり戸惑うことが多いんだろうなぁと思います。

自分で飼っているのは猫なんですが、犬も大好きです。お散歩途中の子と遊ばせてもらうのが至福ですね。飼ってはいませんが、庭に来る鳥も見ていて飽きないです。先日はスズメの親子がいて、ものすごく可愛かった！　あと、蛇。岩国に旅行に行ったときに拝見した白蛇ちゃんが、本当に可愛くて！　蛇、トカゲ系も、あのひんやりしてしなやかな感じが大好きです。兎に関しては、飼っている知人から話を聞くと、案外可愛いだけじゃないところがまたいいなーと思います。

今回のメンバーは、そういう趣味で選んだのですが、本当は魚も入れたかったですね…。

せめてイルカとか。金魚や熱帯魚たちも性格や見た目が色々で素敵ですし…でも、どうしても人間（男）＋魚だと、半魚人っぽいですかね（苦笑）。

まだまだ色々妄想はありますが、それを表現する腕は今後とも精進あるのみです。

また、なにかの折には、お手にとっていただけますと幸いです。

最後になりましたが、本当にたくさん相談にのってくださった担当様、素敵なイラストをくださった緒田涼歌先生、それから、いつも支えてくれる友人諸氏に。ありがとうございました。

今後とも、頑張ります。

ウナミサクラ

本作品は書き下ろしです。

AZ BUNKO この本を読んでのご意見・ご感想・
ファンレターをお待ちしております。
〒101−0051
東京都千代田区神田神保町2−4−7
久月神田ビル7F
(株)イースト・プレス　アズ文庫 編集部

ハレムの王国《おうこく》、はじめ(られ)ました

2014年8月10日　第1刷発行

著　者：ウナミサクラ

装　丁：株式会社フラット
DTP：臼田彩穂
編　集：福山八千代・面来朋子
営　業：雨宮吉雄・藤川めぐみ

発行人：福山八千代
発行所：株式会社イースト・プレス
〒101-0051
東京都千代田区神田神保町 2-4-7
久月神田ビル 8F
TEL 03-5213-4700　FAX 03-5213-4701

http://www.eastpress.co.jp/

印刷製本　中央精版印刷株式会社

ISBN978-4-7816-1191-4　C0193

AZ+ コミック
青春ギリギリアウトライン
えのき五浪
本体価格680円＋税
AZ・NOVELS＆アズプラスコミック公式webサイト
http://www.aznovels.com/

AZ+ プラス
コミック
不純恋愛症候群《シンドローム》
山田パン
本体価格680円+税
コミック・電子配信コミックの情報をつぶやいてます!!
アズプラスコミック公式twitter　@az_novels_comic